KB059150

11
귀여우면 변태라도
좋아해 주실 수 있나요?
하나마 토모
일러스트 : sune

"아니, 시중을 드는 곰돌이가 특이해서
나도 모르게."

"왜 아무 말 없이
찍어대는 건데요?!"

무녀로 분장한 흑발 미녀가 양손으로 커다란 붓을 들어 올렸다.

그 붓끝을 대담하게 양동이 속 먹물에 담근 후

걸쳐 세워놓은 종이를 향해 내동댕이치듯 문자를 써 내려가기 시작했다.

"오오……."

붓 사이즈를 아랑곳하지 않는 훌륭한 붓놀림에 감탄이 흘러나왔다.

"싫어요.
마녀 선배가 떨어질 때까지 안 놓을 거예요."
"그럼 나도
코가가 떨어질 때까지 안 놓을 거야."
"과연,
이게 샌드위치라는 건가……."

"코가, 좀 떨어져 줄래?
내가 먼저 케이키를 만끽하고 있었거든?"

목차

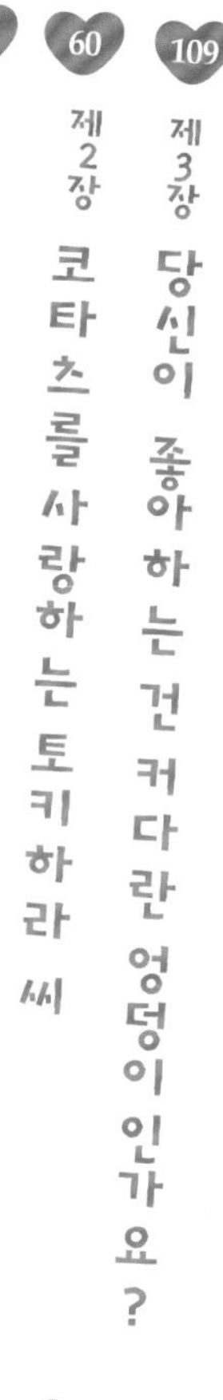

귀여우면 변태라도 좋아해주실 수 있나요?
11

하나마 토모 지음 | sune 일러스트·기획 | 심희정 옮김

컬러, 본문 일러스트, 기획 | sune

…프롤로그…

솔직히 말해서 토키하라 사유키는 초조했다.

케이키와의 데이트권을 따내서 이브에 데이트하겠다는 작전은 후배 유이카의 계략에 의해 실패했고, 그와 몹시 싫어하는 절벽 가슴의 데이트를 허락해버리는 사태가 벌어지고 말았다.

"하필이면 코가한테 밀리다니……."

자택 욕실의 널찍한 욕조에 몸을 담그면서 사유키는 한숨을 내쉬었다.

마오나 미즈하면 몰라도 그 꼬맹이한테 뒤처지는 일은 여자로서 자신의 프라이드가 용납하지 않았다.

"게다가 그 애는 여봐란 듯이 데이트 사진까지 전송하고……. 나도 케이키랑 수족관 가고 싶었는데……."

사유키가 케이키의 데이트 상대를 아는 이유가 이거였다.

오늘 유이카가 이따금 사진을 보냈던 것이다.

수조를 배경으로 함께 찍은 사진이나 점심 먹는 별것 아닌 사진까지, 그저 다정한 커플로밖에 보이지 않아 사유키는 분노와 질투로 미치기 일보 직전이었다.

"미즈하의 정보에 의하면 케이키는 아직 집에 안 온 것 같고……헉?! 설마 호텔에서 쉬다 가려고?! 케이키가 그 절벽이랑 하룻밤의 실수를?!"

오늘은 12월 24일 크리스마스이브.

세상 커플들이 가장 발정하는 날이었다.

데이트로 기분이 고조된 두 사람이 돌아가는 길에 호텔에 들른다 해도 전혀 이상할 게 없었다.

"아니, 아니, 설마. 케이키 성격상 그건 아닐 거야."

키류 케이키는 초식계 남자의 본보기와도 같은 인물.

사유키가 자랑하는 가슴으로 유혹해도 전혀 넘어오지 않는 벽창호가 아무리 크리스마스 데이트라 해도 그런 꼬맹이랑 어떻게 될 일은 없겠지…….

"하지만 만약……만에 하나 케이키가 코가를 선택한다면……?"

가슴 전투력에서 더 우수한 사유키를 제쳐두고 유이카와의 데이트를 선택할 정도였다.

서예부에서도 유이카를 귀여워했으니, 그가 그녀를 밉지 않게 생각하는 건 틀림없었다.

"만약 그렇다면 두 번째라도 어떻게 가능하지 않을까……."

토키하라 사유키는 헤매고 있었다.

첩실 타이틀을 노리다니, 패배자의 발상이다.

"……그만 나가자."

현기증이 좀 나는 걸지도 모르겠다.

여기서 가정해봤자 별수도 없고, 일단 생각을 중단하고 욕조에서 나온 사유키는 파우더 룸으로 향했다.

달아오른 몸을 식히며 폭신폭신한 수건을 준비.
그걸 이용해 긴 머리를 꼼꼼하고 부드럽게 감싸 물기를 제거했다.
"……응?"
시야의 끝에 무언가가 움직이는 것 같아 손을 멈췄다.
수건을 가슴에 두르고 창문 앞에 서자 무기질적인 밤을 채색하듯 새하얀 눈이 흩날리고 있었다.
"별일이네……."
소리도 없이 팔랑팔랑 떨어지는 가랑눈.
그 광경은 무심코 넋을 놓고 바라볼 정도로 아름다웠다.
"크리스마스이브 밤에 눈이라니, 로맨틱하네. 이런 상황에서 좋아하는 사람에게 고백받으면 틀림없이 멋진—아니, 응? 고백?"
그 순간 사유키의 머릿속에 한 가지 의심이 생겼다.
크리스마스 데이트.
아직 귀가하지 않은 남자 후배.
갑자기 내리기 시작한 로맨틱한 눈.
의미심장한 키워드 몇 가지와 함께 안 좋은 예감이 뇌리를 스쳤다.
"……혹시 코가가 케이키에게 고백할 생각은 아니겠지?"
노예가 되어달라는 변태적인 고백이 아니라, 아이 러브 유 같은.

그 불길한 예감이 현재 진행형인 동시에 극히 정확하게 적중하고 있다는 것을 목욕을 끝낸 알몸의 그녀는 알 길이 없었다.

◇

"—유이카는 케이키 선배를 좋아하니까, 만약 선배가 다른 누군가가 아닌 유이카를 선택한다면 유이카는 평범한 여자아이가 될게요."

눈이 내리는 크리스마스이브 밤, 쓸쓸해진 육교 위에서 유이카가 꺼낸 말은 생각지도 못한 제안이었다.

"평범한……여자아이?"

갑작스러운 선언에 케이키는 당황하면서 그녀를 바라보았다.

데이트용 핑크색 원피스를 입고 새하얀 데님 재킷을 걸친 금발 여자아이.

천사 같은 얼굴을 하고 있지만 그 본성은 사디스틱한 여왕님이자 남자 선배의 입에 방금 벗은 팬티를 쑤셔 넣는 그런 변태 소녀였다.

그런 유이카에게 갑자기 「좋아해요」라는 고백을 받았으니 놀라는 것도 당연했다.

동요를 숨기지 못하는 상급생에게 그녀가 말을 더 보탰다.

"케이키 선배가 원한다면 유이카는 이제 선배를 노예 취급하지 않을게요. 물론 선배에게 욕을 퍼붓지도 않을 거고 체벌 플레이도 참을게요. 오늘처럼 평범하게 손을 잡고 대화를 나누고 같이 사진을 찍는, 선배에게 이상적인 여자친구가 되어줄게요."

"그건……."

사실상 탈 변태 선언이었다.

완고하게 갱생을 거부했던 후배가 자신의 의지로 변태에게서 탈출하겠다고 맹세했다.

"만약 내가 실수를 해도 밟지 않겠다는 뜻?"

"물론이죠."

"억지로 팬티를 입에 쑤셔 넣지도 않을 거야?"

"긍정적으로 선처할게요."

"그건……정말 평범한 여자애잖아……."

당연한 일인데 감동하고 말았다.

기분을 상하게 할 때마다 머리를 꾹꾹 밟거나 팬티를 입에 물게 하던, 지금까지가 너무 이상했던 거지만.

"어때요? 나쁜 이야기는 아닌 것 같은데."

"음……글쎄……."

확실히 나쁜 이야기는 아니었다.

염원하던 귀여운 여자친구가 생기고 성가신 변태 여자 한 명이 갱생하는 거니까 조건으로서는 오히려 굉장히 파격적이었다.

"미리 말해두겠지만 이런 양보, 케이키 선배가 아니면 하지 않아요."

뺨을 붉게 물들이며 유이카가 툴툴대듯 덧붙였다.

"케이키 선배를 좋아하니까, 유이카를 선택해주길 바라니까 그걸 위해서라면 선배가 좋아하는 평범한 여자애가 되어도 좋겠다고 생각했어요."

"……."

좋아하니까, 자신을 선택하길 바라니까, 그래서 평범한 여자애가 되겠다.

그 솔직한 말에 얼굴이 뜨거워졌다.

깔보는 듯한 서론으로 쑥스러움을 감추려는 게 다 보여서.

둔감한 케이키조차 그녀의 호의가 진짜라는 걸 알 수 있었다.

(유이카는 정말 날…….)

아직 믿을 수 없지만 그녀는 케이키를 좋아하는 듯했다.

고백을 받아들이면 유이카는 평범한 여자애가 되고 그만큼 집착했던 케이키의 노예화도 포기하겠다고 했다.

즉, 그만큼 그녀는 진심이라는 뜻.

모든 것을 내던질 각오로 고백을 결행한 것이다.

(그렇다면 난? 난 유이카를 어떻게 생각하지?)

좋아하는지 싫어하는지의 양자택일이라면 틀림없이 좋

아한다.

오늘 데이트도 즐거웠고 S속성을 봉인한 유이카는 정말 귀여웠다.

적극적으로 팔짱도 끼고.

눈이 마주치면 즐겁다는 듯 미소 짓고.

그 귀여움에 몇 번이나 두근거렸다.

이런 여자애가 연인이라면 얼마나 멋질지 전혀 생각 안 했다고 한다면 거짓말이 되겠지.

"난……."

만약 여기서 「YES」라고 답할 경우, 서예부의 변태 소녀를 참인간으로 만든다는 야망이 완수되고 동시에 인생 첫 귀여운 여자친구를 만들 수 있다.

이건 분명 변태들에게만 구애받고 연인도 없는 불우한 인생을 보내던 케이키에게 찾아온 천재일우의 기회.

그냥 끄덕이기만 하면 계속 동경했던 장밋빛 청춘이 손에 들어온다.

유이카의 고백을 거절할 이유는 없는 것 같았다.

그런데—.

"……."

웬일인지 대답을 할 수 없었다.

귀여운 후배가 좋아한다고 말해줬는데.

변태를 그만두겠다는 말까지 해줬는데.

이유는 알 수 없지만 내 안의 냉정한 부분이 이대로 대답을 해선 안 된다고 만류하는 것 같았으니까.

"……미안. 생각할 시간을 좀 주지 않을래?"

결국, 입에서 내뱉은 말은 그렇게 도망가는 한 수였다.

양심의 가책 때문에 다른 곳으로 돌린 시선의 끝에서 모르타르 바닥에 닿은 눈이 쌓이지 않고 녹아내렸다.

역시 질렀을까 싶어 쭈뼛거리며 후배의 모습을 살피자 예상과는 달리 그녀의 표정은 평온했다.

"좋아요."

"뭐?……괜찮아?"

"뭐, 유이카도 바로 대답을 해줄 거라고는 생각 안 했으니까요. 케이키 선배의 성격상 '그래, 알았어, 지금 당장 사귀자!'라는 일이 생기지 않을 거라는 건 알고 있었고요."

"정말 잘 알고 있구나……."

나도 나에게 그런 결단력이 있을 거라고는 생각하지 않았다.

"……오히려 바로 거절 안 해서 안심했어요."

"뭐?"

"그런 식으로 고민할 정도로는 유이카를 여자로 봐준다는 뜻이잖아요?"

"?!"

웃는 얼굴로 내뱉은 기습적인 멘트에 심장이 크게 요동

쳤다.

정말 이제 좀 봐줬으면 좋겠는데.

오늘은 그녀에게 가슴을 꿰뚫리기만 하고 있다.

“유이카는 유이카를 진지하게 생각해주는 그런 케이키 선배라서 좋아하게 된 거예요.”

둘만의 세계에서 그녀의 목소리만이 쌓였다.

“그러니까 시간이 걸려도 괜찮아요.”

눈에 비친 건 그것만으로 사랑에 빠지고 말 법한 천사의 미소—.

“선배가 대답해주길 기다릴게요.”

이렇게 사랑 고백에 대한 무기한 유예가 선고되었다.

오후 9시가 지났을 무렵, 유이카를 집에 데려다준 뒤 본인 집으로 돌아온 케이키는 거실 소파에서 스마트폰을 바라보고 있었다.

"……."

화면에 보이는 건 데이트 마지막에 찍은 사진.

역 앞 일루미네이션을 배경으로 이쪽을 향해 미소 짓는 여자 후배의 모습이 담겨 있었다.

"뭐야, 엄청 귀엽잖아……."

그렇게 도S인 여자애인데 이렇게 평범하게 웃을 때의 귀여움은 범상치 않았다.

"이렇게 귀여운 애한테 고백받다니, 사실 꿈이었다는 결말로 끝나는 건 아니겠지?"

무의식중에 현실을 의심할 만큼 기적적인 사건이었다.

설마 유이카에게 고백받을 줄은 몰랐고, 그 고백은 전부 꿈이며 역시 케이키를 노예로 만드는 게 목적이었다는 말을 듣는 게 훨씬 더 납득이 갔다.

"하지만 유이카는 정말로 평범한 여자아이가 될 생각일까……?"

만약 코가 유이카가 도S가 아니라 평범한 여자아이가 된다면.

오늘 데이트에서 보여준『S속성을 봉인한 여자친구』가 된다면 케이키가 오랫동안 염원했던 멋진 청춘을 보낼 수 있겠지.

그 정도로 오늘 유이카는 귀엽고 매력적이었다.

"……그건 오늘 데이트 사진?"

"으악?! 미즈하?!"

갑작스러운 목소리에 뒤를 돌아보자 소파 뒤에 선 미즈하가 스마트폰을 들여다보고 있었다.

샤워를 끝낸 후 펑퍼짐한 스웨터를 입고 살짝 볼이 상기된 여동생이 자기 나름의 브이 사인을 보여주었다.

"정말이지. 오빠만의 지역 아이돌, 미즈하입니다."

"지역이 너무 좁잖아……그것보다 미즈하 씨는 언제부터 거기에?"

"응? 방금 왔는데."

"그래……?"

휴우 안도하며 가슴을 쓸어내렸다.

아무래도 고백에 대한 이야기는 듣지 못한 것 같았다.

"그보다 미즈하는 또 그런 차림으로……."

그도 그럴 것이 미즈하 씨는 하의를 안 입고 있었다.

스웨터 소매로 가려 역시 속옷은 확인할 수 없었지만 눈부신 맨다리가 또렷하게 보였다.

"팬티는 입었거든?"

"그걸 안 입었으면 결국 가족회의를 열 참이었으니까."

일단 확실하게 장착하고 있는 듯해서 안심했다.

집 안을 노팬티로 배회하면 오빠의 정신 위생상 좋지 않으니까.

그런 오빠의 걱정은 뒷전으로 하고, 여동생의 흥미는 데이트 사진에 있는 듯 시선이 케이키의 스마트폰에 고정되어 있었다.

"흐—음? 유이카랑 둘이 일루미네이션 봤어? 흐—음?"

"뭐? 응? ……미즈하 씨?"

"귀여운 여동생을 집에 혼자 놔두고 오빠는 다른 여자랑 즐긴 모양이네……."

"아니, 저기……."

"나 정말 외로웠어."

"으, 으응……."

"그러니까 이 정도의 화풀이는 해도 되지?"

그렇게 말하며 오빠 앞에 선 그녀는 스웨터 소매를 손으로 붙잡고 천천히 걷어 올리기 시작했다.

"미즈하 씨?! 왜 옷을 걷어 올리시는 건가요?!"

"흐음—왜일까? 미즈하도 모르겠어."

"그 캐릭터는 또 뭐야?! 그보다 팬티! 새하얀 팬티가 다 보이는데요!"

"괜찮아, 브래지어도 확실하게 보여줄 테니까."

"뭐가 괜찮다는 거야?!"
"앗, 이런. 브래지어 입는 걸 깜빡했네."
"무엇 하나 괜찮지가 않잖아!"
즉, 그 스웨터 안은 맨가슴이라는 뜻.
그런 장면을 보는 날에는 이성이 버틸 수 있을지 모르겠다.
"후후, 이대로라면 오빠한테 부끄러운 모습을 보이게 되겠지?"
"이 녀석, 엄청 기쁜 얼굴을 하고 있어……."
과연 서예부가 자랑하는 노출광.
이성에게 알몸을 보여주면서 흥분하는 변태는 뭐가 달라도 달랐다.
"아, 참고로 고개를 돌리거나 도망치면 보여주는 걸로 안 끝낼 거야."
"무슨 짓을 할 생각인데?!"
뭔지 잘 모르지만 대단한 일이 일어날 거라는 것만은 알 수 있었다.
(큰일이네, 미즈하는 진심으로 벗을 생각이야…….)
이미 배꼽까지 드러나기 시작한 데다 팬티는 계속 훤히 다 보이고 있다. 이대로라면 그 이상으로 자극적인 모습까지 공개되고 말겠지.
(이런 사태를 피하기 위해 나가세랑 데이트 약속을 했는데…….)

그래, 오늘 데이트는 폭주한 변태 소녀들에게서 도망치는 게 목적이었다.

크리스마스 마력으로 발정한 여자 부원들의 마수에서 도망쳐 자신의 정조를 지키기 위해 학생회 소속 나가세 아이리와 데이트할 생각이었다.

크리스마스이브에 약속을 잡으면 서예부 멤버들이 자신을 포기할 거라고 생각했지만, 아군이라고 생각했던 아이리가 당일 약속을 취소하며 유이카를 내보낸 후 여러 가지 일이 생겨 원래의 목적을 완전히 잊고 있었다.

(난 오늘 이 집에 돌아와선 안 되는 거였을지도 몰라…….)

하지만 그걸 이해했을 때는 모든 것이 이미 늦은 후였다—.

"저기, 오빠? 조금만 더 올리면……보일 거야."

더욱더 옷을 걷어 올려 훌륭한 아래쪽 가슴을 과시하며 여동생이 고혹적인 미소로 도발했다.

"크윽?! 이렇게 된 이상—."

"……응?"

여동생이 맨가슴을 드러내게 해선 안 된다.

노출광의 노출 플레이를 멈추기 위해 소파에서 일어난 케이키는 즉각 미즈하의 어깨를 꽉 붙잡았다.

그리고 지체 없이 여동생의 이마에 키스를 했다.

"……흐엥?"

생각지도 못한 반격에 미즈하가 양손으로 이마를 누르며

어리둥절한 모습으로 오빠를 올려다보았다.

"오, 오빠……? 갑자기 무슨 짓을……?"

"아니, 외롭게 만든 사과의 뜻이랄까 뭐랄까……오늘 일은 이걸로 좀 봐줬으면 좋겠는데."

"이런 짓을 당하면 괜히 더 욕구불만이 된다고."

"뭐?!"

"뭐, 하지만 수줍어서 얼굴이 새빨개진 오빠를 봐서 오늘 일은 용서해줄게요."

"……그거 감사합니다."

얼굴이 빨개진 건 피차일반, 이라는 태클은 눈치 없는 행동 같아 말하지 않기로 했다.

여하튼 스트립쇼 저지는 대성공.

허겁지겁 흐트러진 옷을 추스르고 미즈하가 미안하다는 듯 사과했다.

"미안, 흐트러진 모습을 보여서."

"정말."

"하지만 오랜만에 오빠 앞에서 벗었더니 좀 개운해졌어."

"그건 다행이네……."

언뜻 보기엔 단정해 보이는 미즈하도 역시 변태였다.

순간적인 기지로 마지막 선은 지켜냈지만 변태의 폭주는 역시 무시무시했다.

그녀들을 상대로 방심은 금물이라는 것을 다시 한번 통감

했다.

(유이카에게 고백받은 건 서예부 부원들에게는 비밀로 하자.)

데이트했다는 것만으로도 이러는데 고백받은 게 알려지면 무슨 짓을 당할지 모른다.

서예부 멤버들이 총출동해서 공격하면 몸이 당해낼 수 없을 테니 변태 소녀들에게는 반드시 비밀로 하자고 결심했다.

◇

“둘러보고 가세요! 미나미 마오 선생님의 신간『크리스마스 케이크를 맛있게 먹는 법』은 여기 있습니다~!! ―네, 신간 한 부 맞으시죠? 매번 감사합니다!”

500엔짜리 동전과 맞바꾸어 OL 스타일의 누님한테 얇은 책을 건넸다.

기뻐서 어쩔 줄 모르는 손님을 웃는 얼굴로 배웅하며 일련의 업무를 해낸 케이키는 정색하며 중얼거렸다.

“……왜 난 이런 곳에서 BL책을 팔고 있는 거지?”

크리스마스 데이트로부터 며칠 지난 12월 29일.

케이키가 있는 곳은 이 지역 시민 체육관으로 그곳에서는 현재 연말 이벤트로 동인지 즉석 판매회가 개최되고 있었다.

그런 열기 가득한 이벤트 현장에서 케이키는 판매원으로

일하고 있었다.

그리고 물론 이런 짓을 시킨 인간은 한 명밖에 없었다.

“키류 뭐 해? 소리를 좀 더 크게 질러야지.”

“난죠…….”

옆에서 잘난 척하며 지시를 내리는 건 적갈색 머리를 늘어뜨리고 베레모를 쓴 미나미 마오 선생님 겸 난죠 마오.

흰색 스웨터에 데님 와이드팬츠를 착용한 그녀에게서 전화가 걸려온 게 2시간 전. 영문도 모른 채 초대받아 자신이 모델인 BL책(19금)을 판매하는 악몽 같은 노동을 하고 있으니 불평 한마디라도 하고 싶어질 만하다.

“아침부터 불러내서는 억지로 일을 시켜놓고 그런 말투는 좀 아니라고 생각하는데.”

“크리스마스이브에는 유이카랑 데이트했으니까 이 정도는 도와줄 수 있잖아. 키류가 모델을 해주지 않은 탓에 원고 완성하느라 힘들었거든.”

“무슨 트집을 잡는 거야? ……아니, 어떻게 내가 유이카랑 데이트한 걸 알고 있어?”

“본인이 문자로 마음껏 자랑했으니까. 수족관에 가고 공주님 안기도 해줬다며?”

“유이카…….”

데이트 내용이 다 알려져 있잖아.

다만 아무래도 고백에 대해선 이야기하지 않은 것 같았다.

"……나도 데이트하고 싶었는데."

"뭐라고?"

"아무것도 아니야. —어쨌든 오늘은 완판될 때까지 못 갈 줄 알아."

"네에, 네에, 전력을 다해서 팔아보겠습니다."

변태 소녀의 불합리한 처사는 어제오늘 일도 아니다.

재빨리 완판시키고 돌아가자.

(하지만 권수도 꽤 되고 장시간도 각오해야 할지 몰라…….)

그렇게 생각했던 케이키였지만 그 걱정은 기우로 끝났다.

쇼트 케이크 시리즈 수요에 회의적이었던 모델의 생각과는 달리, 마오의 부스로 차례차례 손님이 찾아와 테이블에 산처럼 쌓여있던 신간이 순조롭게 팔렸던 것이다.

"난쵸의 책은 정말 인기가 많구나."

"감사하게도."

"여전히 타이틀은 심각하지만."

"아니, 아니, 크리스마스 케이크와 주인공의 이름을 연관시킨 훌륭한 타이틀이잖아. 크리스마스이브라는 특별한 날 밤에 쇼우토가 케이크(키)를 맛있게 먹는다는 심오한 의미가 담겨 있으니까."

"전혀 심오하지도 않고 굳이 설명 안 해도 돼."

책 속에서 자신의 분신이 남자에게 엉망진창으로 당한다고 생각하면 죽고 싶어졌다.

가능한 한 직시하기 싫지만 상품이라 싫어도 시야 속에 들어오는 게 괴로웠다.

(하지만 난죠가 인기 동인작가라는 건 인정할 수밖에 없네.)

내용은 어쨌든 좋아하는 일에 전력을 다해 몰두하는 모습은 솔직히 마음에 들었다.

지역 내 소규모 이벤트에 들르는 팬이 이 만큼이나 있는 걸 보면 그녀의 재능은 진짜였다.

"그러고 보니 키류가 오기 전에 부장도 사러 왔었어."

"사유키 선배가?"

"바로 읽고 싶다고 곧장 돌아갔지만."

"팬의 귀감이라 할 수 있군."

수험 준비는 괜찮을까?

"이게 끝나면 겨울 코믹 마켓 준비도 해야 하니까 열심히 해야지."

"뭐? 겨울 코믹 마켓은 오늘부터 아니었어?"

"난 마지막 날 참가니까 괜찮아. 일단 내일은 현장으로 갈 생각이지만."

"미나미 선생님, 얼마나 적극적인 거야……?"

이벤트 겹치기라니, 장사꾼의 혼이 너무 억척스러웠다.

그런 식으로 잡담을 나누면서 동인지를 계속 판매한 결과, 도와주기 시작한 지 2시간도 안 돼서 마오의 신간이 완판됐다.

"50권이나 있었는데 벌써 완판인가……."

"소규모 이벤트지만 조금 더 인쇄할 걸 그랬나. 어쨌든 덕분에 살았어. 혼자 파는 건 꽤 힘드니까. 이건 오늘 보수야."

"땡큐."

보수인 캔 커피를 받아들었다.

"난 먼저 갈 건데 난죠는?"

"난 다른 서클도 보고 갈 거야."

"그래? 그럼 이걸로 해산이네."

갖고 온 동인지는 완판됐고 판매에 사용된 테이블이나 의자는 나중에 운영위원회 측이 치운다고 했으니 보조 판매원 업무는 이걸로 끝이었다.

"키류만 괜찮으면 같이 BL의 세계를 모험해도 되는데."

"본가로 돌아가겠습니다."

역시 그 이세계에 발을 들여놓을 순 없었다.

서둘러 돌아가려는 동급생을 마오가 불러 세웠다.

"아, 키류, 잠깐만."

"응?"

"혹시 지금부터 시간 있으면 심부름 좀 부탁해도 될까?"

"심부름?"

"응, 이건데—."

부탁하면서 그녀가 꺼낸 건 A4 사이즈의 종이봉투.

"이 안에는 신간 마지막 한 부가 들어 있어."

"너, 나한테 대체 무슨 물건을 옮기게 할 생각이야?"

애처로운 남자에게 BL책을 배송시키다니, 제정신이 아니었다.

아니, 판매원으로 일을 시킨 시점에 이미 제정신은 아니었지만.

"에이, 그러지 말고. 유이카가 읽고 싶다니까 가져다줘."

"뭐? 유이카가?"

"왜? 뭔가 곤란한 일이라도?"

"아니……."

처음에 정한 방침대로 유이카에게 고백받은 건 아무한테도 말하지 않았다.

서예부 멤버들에게 들키면 도M의 변태가 폭주하거나 노출광 여동생이 스트립쇼를 개최할지도 모르니까.

리스크 회피를 위해 마오도 눈치채지 못하도록 해야 했다.

"그런데 왜 내가?"

"우편으로 보내도 되지만 가족들이 보면 곤란하잖아?"

"그건 가족회의를 할 정도의 대참사지."

이 책을 부모님이 발견한다고 생각만 해도 지옥 같았다.

코가 가의 식탁이 무거운 공기에 휩싸일 건 확실했다.

"유이카가 엄청 기대하고 있으니까. 난 겨울 코믹 마켓이 끝날 때까지 바빠서 직접 전해주려면 내년이 돼야 할 거야."

"……."

좋아하는 시리즈의 최신간이 몹시 기다려지는 마음은 케이키도 잘 안다.
(이걸 전해주면 틀림없이 기뻐하겠지.)
꽃이 피어나는 듯한 미소가 눈에 선했다.
BL책을 옮긴다는 정신적인 고통과 후배의 미소.
두 가지를 저울에 올린 후 케이키는 '하아' 하고 한숨을 내쉬었다.
"……알았어. 이번 한 번뿐이야."
고백과는 상관없이 유이카가 기뻐하길 바라는 케이키는 마오의 의뢰를 받아들이기로 했다.

시민 체육관을 뒤로한 지 30분 후, 코가 가 앞에 종이봉투를 든 케이키의 모습이 보였다.
"오긴 했는데 어떤 얼굴로 유이카를 만나야 좋을까."
미션 자체는 종이봉투를 후배에게 전해주기만 하면 되는 간단한 일.
그런데 좀처럼 인터폰을 누르지 못하는 이유는 하나였다.
지금 유이카와 케이키는 고백한 사람과 고백받은 사람.
케이키는 그 대답을 보류하고 있는 상태니까.
고백받은 날부터 계속 고민하고 있지만 아직 답은 내리지 못한 상태.
그런 상태에서 그녀와 만나는 건 굉장히 어색했다.

차라리 우편함에 넣고 그냥 돌아가고 싶지만 심부름을 받아들인 이상 그럴 수도 없었다.

"에라 나도 모르겠다……!"

우편함에 넣는 걸 포기하고 얌전히 인터폰을 누르자 잠시 후 현관문이 열렸다.

"—네, 누구세요?"

"……응?"

부모님이 나오면 어쩌나 걱정했지만 모습을 드러낸 건 목표했던 인물이었다.

금발과 푸른 눈동자가 인상적인 언제 봐도 미소녀인 코가 유이카.

다만 이상한 소리를 내고 만 것은 그녀가 입고 있는 옷이 상도를 벗어난 것이었기 때문이었는데—.

(응? 뭐지? 왜 이 녀석이 곰돌이 파자마를 입고 있지?)

무려 그녀는 곰돌이 파자마를 입고 있었다.

곰돌이 귀가 달린 후드도 꼼꼼하게 쓰고, 정말 판타지 세계의 주민으로 변신한 상태.

"응? 케이키 선배? 무슨 일이에요?"

"오히려 유이카한테 무슨 일이 있는지 궁금한데."

"네? 어쨌든 밖은 추우니까 들어오세요."

"아—, 그래……용건상으로도 밖에선 좀 그러니까."

역시 현관 앞에서 BL책에 대한 화제를 꺼내는 건 곤란했다.
호의를 받아들여 잠시 들어가기로 했다.
곰돌이 파자마 차림의 유이카가 거실로 안내했고 케이키가 권유한 소파에 앉자 부엌으로 돌아간 그녀가 물었다.
"케이키 선배, 커피 괜찮으세요?"
"아, 응……."
"알겠어요. 바로 준비할게요."
콧노래를 부르며 커피 탈 준비를 시작한 곰돌이 아니, 유이카.
그런 후배에게 이번에는 케이키가 질문했다.
"오늘 부모님은?"
"평소처럼 회사 가셨는데요? 연말인데 쉬지도 못한다니, 꽤나 악덕 기업인 것 같죠?♪"
"그, 그렇구나……."
무슨 멘트를 건네야 할지 곤란했지만 케이키 부모님도 비슷했다.
연말인데 전혀 집에 올 생각도 없고.
그리고 머지않아 유이카가 김이 나는 머그컵을 갖고 왔다.
"드세요. 뜨거우니까 조심하시고요."
"고마워."
테이블 위에 놓인 머그컵.
차가워진 몸에 뜨거운 커피는 감사한 일이었지만 아직 머그컵을 들 때는 아니다.

대신 바지 주머니에서 스마트폰을 꺼내 카메라를 유이카에게로 향했다.

"케이키 선배? 왜 스마트폰을 들고 있어요?"

"……."

찰칵 찰칵 찰칵 찰칵!

"왜 아무 말 없이 찍어대는 건데요?!"

"아니, 시중을 드는 곰돌이가 특이해서 나도 모르게."

"네? 곰돌이? ……아앗?!"

겨우 자신의 옷차림을 깨달은 모양이었다.

얼굴을 새빨갛게 물들인 유이카가 안절부절 못하며 양손을 흔들었다.

"이, 이건 아니에요! 항상 이렇게 어린애 같은 옷을 입고 있는 게 아니라! 오늘은 정말 우연히……!"

"괜찮아, 더없이 잘 어울리니까."

"무슨 뜻이에요?! 유이카가 곰돌이 파자마가 잘 어울리는 어린애라는 뜻인가요?! 어차피 중학교 때 파자마가 아직 딱 맞는 어린애 체형이거든요!"

"그렇게까지 말 안 했어."

"케이키 선배 바보! 가슴은 작지만 유이카는 이제 고등학생이라고요!"

"그렇게 부끄러워 안 해도 돼. 고등학생이 곰돌이 파자마를 좋아해도 상관없잖아?"
"으음……정말 아니거든요, 왜 몰라주는 거예요……."
"응? 뭘?"
"유이카는 좋아하는 사람이 어린애 같다고 여기는 게 싫어요!"
"으, 응……."
"어쨌든 10분……아니, 5분만 기다려요!"
그 말을 남기고 유이카가 거실을 뛰쳐나갔다.
"이런, 유이카가 숨 쉬듯 귀여운 소릴 쏟아내잖아……."
진정 귀여움의 무차별 테러.
화가 난 얼굴까지 귀엽다니 반칙 아닌가? 발언 하나하나가 파괴력 만점이라 곤란했다.
심장 소리를 가라앉히기 위해 커피를 마시며 기다리자 평범한 옷으로 갈아입은 유이카가 돌아왔다.
"오, 오래 기다렸죠……?"
"……."
흰색 스웨터에 치마와 검은 타이츠 차림의 겨울 복장을 착용한 굉장히 사랑스러운 모습에, 무심코 넋을 놓은 채 바라보고 말았다.
"응? 케이키 선배?"
"아, 아니, 아무것도……아니에요."
"왜 존댓말을 하세요?"

고개를 갸웃거리며 유이카가 맞은편 소파에 앉았다.
"그건 그렇고 깜짝 놀랐어요. 케이키 선배가 갑자기 집에 찾아와서."
"일단 문자 보냈는데 못 봤어?"
"그러셨어요? 죄송해요, 스마트폰을 방에 그냥 놔뒀거든요."
"뭐 하고 있었어?"
"집 대청소 했어요. 케이키 선배네 집은 끝났어요?"
"우리 집은 어제 끝냈어. 미즈하의 위생관리는 빈틈이 없으니까 가볍게 창문을 닦고 청소기를 돌린 정도지만."
미즈하의 청소 스킬은 깜짝 놀랄 만했다.
겨울방학 전에 서예부 부실도 반짝반짝하게 만들었고.
"그 파자마는 청소할 때 편리해요. 더러워지는 걸 신경 안 써도 되고, 후드가 붙어 있어서 머리에 먼지도 안 묻으니까 우수하거든요."
"아, 그래서 곰돌이 파자마를 입고 있었구나."
확실히 지금 입고 있을 법한 옷차림으로 청소를 하는 건 좀 아까우니까 곰돌이 파자마는 합리적인 복장일지도 모른다.
"그래서 오늘은 무슨 일로 오셨어요?"
"맞다, 난죠한테 심부름을 부탁받았어. 곰돌이 파자마 때문에 완전히 잊고 있었네."
"곰돌이 파자마는 잊어주세요. ……잠깐, 마오 선배요?"

"으응, 유이카에게 신간을 전해주라고 해서."

"마오 선배의 신간?!"

그 이야기를 들은 순간 온힘을 다해 몸을 앞으로 내미는 금발 소녀.

"그건 혹시『크리스마스 케이크 맛있게 먹는 법』인가요?!"

"잘 알고 있네. ―그럼 자, 여기."

"감사합니다!"

눈을 반짝이며 유이카가 종이봉투로 손을 뻗었다.

하지만 손가락이 닿기 직전 그녀의 손이 멈췄다.

그리고 웬일인지 험상궂은 얼굴로 종이봉투를 노려보기 시작했다.

"으으음……."

"유이카? 왜 그래?"

"아뇨……이걸 굉장히 기뻐하며 받으면 변태로 인정될 것 같아서……평범한 여자애가 되겠다고 말하자마자……."

"아아, 과연."

유이카는 크리스마스이브 밤에 변태로부터의 탈출을 선언했다.

그것 때문에 동인지를 받는 일에 저항이 있는 듯했다.

"유이카가 필요 없다면 이건 그냥 갖고 돌아갈까?"

"그건 좀?!"

"후후후, 유이카, 어떻게 할래?"

"으으윽~."

과시하듯 종이봉투를 팔랑팔랑 흔들자 울상이 된 후배가 탐이 난다는 듯 그것을 바라보았다.

"그렇게 읽고 싶으면 안 참아도 되는데."

"그래도……."

"난죠 레벨로 탐독한다면 좀 그렇지만 BL책 정도는 평범한 여자애들도 읽잖아."

"그, 그런가요?"

"게다가 난죠의 심부름이니까 안 받아주면 내가 곤란해."

"그렇다면……."

이론적으로 설득하자 유이카가 쭈뼛쭈뼛 손을 내밀어 드디어 종이봉투를 받아들었다.

그걸 소중한 듯 가슴에 품고 살짝 미소를 지었다.

"후후, 감사합니다. 나중에 마오 선배한테도 인사해야겠네요."

"그래."

"하지만 좀 아쉬워요."

"응? 뭐가?"

"고백에 대한 대답을 하러 온 줄 알았는데 그냥 심부름이라니. 이래 보여도 몰래 엄청 설렜거든요."

"으윽……."

방문 타이밍상 그렇게 생각했다 해도 어쩔 수 없었다.

다만 공교롭게도 아직 대답을 내리지 못했다.

"……그 일에 대해서는 조금 더 시간을 줬으면 좋겠어."

"어쩔 수 없죠. 마오 선배의 신간을 봐서 용서해줄게요."

생각보다 쉽게 유이카는 물러났다.

토라진 듯한 태도는 장난이었던 모양이다.

"대신이라고 하긴 좀 그렇지만 잠깐 그쪽으로 가도 돼요?"

"응? 으응, 괜찮은데."

"그럼 실례할게요—."

종종걸음으로 다가온 후배가 왼쪽에 오도카니 앉았다.

그리고 연인에게 하듯 케이키의 팔에 안겼다.

"유, 유이카? 뭐 해?"

"후후후, 여기서부터는 유이카의 자기PR 타임이에요."

"자기PR 타임?"

"이런 기회는 잘 없으니까요. 좀처럼 결단을 못 내리는 우유부단한 케이키 선배한테 좀 더 유이카를 알리려고요."

"과, 과연……."

"요컨대 체험판이에요. 유이카가 여자친구가 되면 이런 걸 해주겠다는."

"체험판이라니……."

게임 프로모션 같은 말을 꺼냈다.

"그건 핑계고 사실은 유이카가 붙어 있고 싶었던 것뿐이지만요."

"뭐?!"

"유이카는 어리광쟁이라서 사귀면 분명 이렇게 찰싹 붙어 있을 거예요. ……케이키 선배는 어리광 받아주는 거 싫어요?"

"시, 싫진 않지만……."

"후훗, 다행이다♪"

"?!"

태평한 미소에 가슴이 덜컥 내려앉았다.

(이건 위험해……. 유이카에게서 엄청 좋은 향기가 나고, 어리광 부리는 것도 너무 귀엽고 부드러운 가슴이 팔에 닿아서 나의 이성이 위험하고 위태로워……윽!)

긴장을 늦췄다간 이대로 넘어뜨릴 것 같았다.

(이런 건 반칙이잖아…….)

이 귀여움은 완전히 동정을 죽이는 스타일의 웨폰.

쓸데없이 정조 관념이 강한 케이키가 잘못하면 분위기에 휩쓸리고 말 정도의 사랑스러움은 정말 흉기였다.

(냉정하자……상대는 방금 벗은 팬티를 입에 쑤셔 넣던 여왕님이야…….)

지금은 평범한 여자아이로 행동하고 있지만 언제 가면이 벗겨질지 모른다.

코가 유이카가 정말 탈 변태를 할 수 있을지 지금은 당분간 관찰할 필요가 있었다.

다만 지금은 그것보다도 이 상황을 어떻게든 하고 싶었다.
"……있잖아, 유이카?"
"왜요?"
"자극이 너무 강해서 조금만 더 부드럽게 해주면 기쁠 것 같은데."
체험판이 너무 과격한 탓에 레벨 조정을 부탁하자,
"그럼—."
일단 몸을 뗀 후배가 오른손으로 케이키의 왼손을 살며시 잡았다.
"이 정도면 괜찮아요?"
"그래, 이 정도라면……."
상당히 초심자용으로 바뀐 것 같아서 안심했다.
(아, 이건……왠지 평범한 연인 사이 같아…….)
소파에 나란히 앉아 그저 손을 잡고 있는 것뿐인데.
그것만으로 왠지 밀착하고 있는 것보다 더 연인 같은 느낌이 들어 마음이 달콤한 감정으로 가득 찼다.
그런데 어째서일까.
(……응? 지금……뭔가…….)
기뻐 보이는 후배의 옆모습을 본 순간 소용돌이치는 위화감과 답답함.
그때, 어렴풋이 가슴이 따끔거리며 아파오는 게 느껴졌다.

◇

그다음 날, 케이키는 후배인 나가세 아이리를 카페로 불러냈다.

이전에 그녀와 유이카 사이를 주선했을 때 이용한 가게에서 뜨거운 커피를 마시며 기다리자 황갈색 머리를 트윈테일로 묶은 여자아이가 가게로 들어왔다.

겨울 카디건에 플레어스커트 차림. 날 알아본 아이리가 가볍게 손을 들며 걸어왔다.

"안녕하세요, 키류 선배."

"나가세, 왔어?"

인사를 나눈 후배가 맞은편 자리에 앉자 웨이트리스가 차가운 물을 갖고 왔다.

"전 크림소다 주문할게요."

"저도 커피 한 잔 더 주세요."

웨이트리스에게 음료를 주문하고 곧 나온 커피를 한 모금 마신 후 케이키는 웃는 얼굴로 이야기를 꺼냈다.

"그래서 나한테 할 말은?"

"크리스마스이브 때는 당일에 약속을 취소해서 죄송했어요."

"됐어."

12월 24일 그날, 아이리는 데이트 약속을 어기고 대신 친구인 유이카를 약속 장소에 보냈다.

처음부터 유이카랑 케이키를 데이트시키는 게 그녀의 목적이었다.

"의외로 쉽게 용서해주시네요. 키류 선배 성격으로 봐선 틀림없이 깐족깐족 약을 올릴 줄 알았는데."

"나가세 머릿속에서 내 이미지는 대체 어떻게 되어 있는 거야?"

"후후후, 알고 싶어요?"

"……아니, 됐어."

듣고 나면 높은 확률로 우울해질 것 같았다.

스스로 상처 입을 필요는 없었다.

"……데이트 약속을 어겨서 화나셨어요?"

"별로 화 안 났어. 유이카를 위해 그런 거니까."

"그래요?"

속인 걸 신경 쓰고 있었겠지. 그녀는 안심한 듯 한숨을 내쉬며 숟가락 형태의 빨대로 크림소다 속 얼음을 입에 넣었다.

"뭐, 그건 그렇다 치고. 실은 제가 화가 났어요."

"응?"

"왜 바로 유이카한테 대답을 안 하셨어요?"

"뭐……?"

"그렇게 귀여운 애가 고백했는데. 평범한 남자였다면 바로 OK할 상황 아닌가요?"
"아—, 응. 역시 유이카한테 들었구나……."
데이트 사전 준비를 한 장본인이니까.
아이리가 사정을 알고 있다 해도 이상하진 않았다.
"전 유이카의 협력자니까요. 전화로 속속들이 다 들었어요. 선배랑 수족관에 갔고 공주님 안기도 해줬다고 엄청 기쁘게 이야기했어요!! 정말 너무 귀엽지 않아요?! 너무 귀여워서 제가 사랑에 빠질 뻔했다고요!"
"그 이야기 나한테 해도 돼?"
"당연히 안 되죠."
"안 되냐?"
"유이카에겐 비밀로 해주세요."
"알았어."
그건 그렇다 치고 유이카가 그런 식으로 데이트에 대해 이야기했을 줄이야…….
"그 애는 대체 얼마나 귀여운 거야……."
자기 방에서 즐거운 듯 통화하는 후배의 모습을 상상하며 마음속으로 몸부림쳤다.
"오히려 OK 안 하는 의미를 모르겠어요. 유이카 같은 미소녀에게 고백받는 건 기적 같은 행운인데."
"맞는 말씀입니다……."
미즈하에 이어 유이카에게까지 고백받았다.

지금까지 연애와 인연이 없었던 케이키에게는 그야말로 기적 같은 사건이었다.

"정말 왜 나 같은 사람을 좋아해주는 걸까……."

유이카는 진정한 자신을 죽이면서까지 같이 있고 싶다고 말해줬다.

그녀에게 특별한 무언가를 해준 것도 아닌데 그 정도의 호의를 보여주는 이유를 알 수 없었다.

"……선배가 그렇게 말할 정도는 아니라고 생각하는데요."

"나가세?"

"유이카가, 제 친구가 좋아하는 사람을 나쁘게 말하지 마세요."

조용하면서도 강한 어조.

화가 난 것처럼 보이기도, 슬프게도 보이는 표정으로 아이리가 말을 이었다.

"키류 선배는 나처럼 귀찮은 후배를 신경 써주고 남자혐오증을 고치기 위해 도와주고 저에게 변할 기회를 주셨어요. 선배에게는 별것 아니었을지도 모르지만 전 굉장히 기뻤어요."

"……."

"그러니까 그냥 알 것 같아요. 유이카가 당신을 선택한 이유를. 키류 선배는 사랑받을 가치가 있는 사람이에요."

"나가세……."

그녀의 진지한 말에 놀랐고.

동시에 기뻐서 자연스럽게 미소가 지어졌다.

"전에 쇼마에게도 비슷한 말을 들었는데."

발신인 불명의 러브레터를 받았을 때 스스로에게 자신이 없었던 케이키에게 쇼마가 말했다.

지금의 아이리처럼, 키류는 누군가에게 사랑을 받을 가치가 있는 남자라고.

(난 그 무렵에서 조금도 성장하지 못했구나.)

바로 자신감을 갖게 될 거라고는 생각하지 않는다.

다만 운 좋게도 그런 자신을 인정해주는 사람들이 있다.

그렇다면 조금 더 적극적으로 변해도 괜찮을지 모른다.

"알았으면 얼른 OK하고 유이카를 행복하게 해주세요."

"그것과 이건……."

"애매한 대답이네요……유이카에게 불만이라도 있으세요?"

"그건 아니지만 쉽게 결정할 수 있는 일도 아니고……."

"……우유부단한 것들은 전부 거기가 떨어졌으면 좋겠어."

"지금 뭐라고?!"

얼마나 무시무시한 말을 내뱉은 거야.

구체적인 명칭은 피했지만 다리 사이 근처가 오싹거렸다.

"정말 뭔가 불만이 있는 게 아니야. 평범한 여자아이가 되겠다고 말해줘서 기뻤고 그만큼 진심으로 날 좋아해준다는 걸 알았으니까."

“그럼 왜—.”

그때 퍼뜩 무언가를 깨달은 듯 아이리가 고개를 들었다.

“혹시 키류 선배는…….”

“응?”

“……아뇨, 아무것도 아니에요.”

무슨 말을 꺼내려는 것 같았지만 결국 입을 다물고 그녀는 그 말을 삼켰다.

“어쨌든 너무 기다리게 하는 건 불쌍하잖아요. 유이카를 울리면 용서 안 할 거예요.”

“알아.”

언제까지고 보류한 채로 있을 순 없다.

빨리 답을 내리지 않으면 안 된다는 건 알고 있다.

하지만 아무리 생각해도 답이 나오지 않았다.

자신을 선택하면 평범한 여자아이가 되겠다는 말까지 해준 여자아이를 선택하지 않을 이유는 뭐지?

“애초에 사랑이라는 건 뭘까?”

“갑자기 뭐예요? 그런 걸 저한테 물어봤자 전 몰라요.”

“그렇겠지…….”

“……정답일지는 모르지만…….”

“응?”

“상대가 웃길 바라고 기뻐하길 바란다면 그게 좋아한다는 거 아닐까요?”

"……."

순간 무심코 말을 잃고 말 정도로 아이리가 내뱉은 사랑의 기준은 로맨틱했다.

"……혹시 나가세에게도 그런 상대가 있어?"

쑥스러움을 감추며 그런 질문을 건넸더니 '맞고 싶어요?'라며 화를 냈다.

자신을 좋아해주길 바라니까 평범한 여자아이가 되겠다고 유이카는 말했다.

그 마음이 사랑이라면 아이리의 가설도 맞는 것 같다.

"그래서 용건은 이것뿐인가요? 유이카에 대해 묻고 싶은 것뿐이라면 그냥 전화로 해도 됐을 텐데요."

"아, 나가세한테 건네줄 게 있어서."

"건네줄 거?"

"자, 이거."

상의 주머니에서 꺼낸 작은 종이봉투를 그녀에게 내밀었다.

"크리스마스 선물. 좀 늦었지만."

"저한테……?"

"사실은 그날 나가세랑 데이트할 예정이었으니까. 일단 준비했는데 나가세가 안 왔잖아."

"으윽……."

"그러니까 받아줬으면 좋겠어."

"……아, 감사합니다."

쭈뼛쭈뼛 선물을 받아든 아이리.

"열어봐도 돼요?"

케이키가 고개를 끄덕이자 쭈뼛쭈뼛 긴장을 하며 종이봉투를 열었다.

"아……."

안에 들어있던 건 벚꽃 무늬가 새겨진 손수건과 그것과 한 쌍인 핑크색 볼펜.

데이트 전날 잡화점에서 끙끙대면서 고른 물건이었다.

"귀엽다……."

"아직 절기에 맞진 않지만 나가세는 메모를 자주 하니까 쓸모가 있을 것 같아서."

"……절 기쁘게 해봤자 아무것도 안 나와요."

"그렇게 외면하다니……."

얼굴은 돌렸지만 일단은 기뻐하는 것 같았다.

고개를 숙인 후배가 살짝 미소 짓는 모습을 케이키는 놓치지 않았다.

"뭐, 하지만 다음에 또 학생회실에 찾아오면 마실 차 정도는 준비할게요."

"기대하고 있을게."

결국 이날도 고백의 결론을 내지 못했지만 전해주지 못했던 선물을 전해준다는 미션은 달성했다.

성미가 까다로운 후배가 선물을 기뻐해줄지 어떨지 내심 떨고 있었다는 건 여기서만의 비밀로 해두자.

◇

새해까지 초읽기에 들어간 12월 31일 심야.

이 시기에만 설치되는 코타츠에 들어가 거실에서 늘 보던 가요대축제를 감상하고 있자 부엌에서 접시를 손에 든 미즈하가 다가왔다.

"오래 기다렸지? 해넘이 국수 다 됐어."

"기다렸습니다!"

테이블 위에 놓인 두 사람 몫의 그릇.

미즈하도 코타츠로 들어왔고 남매가 나란히 손을 모았다.

""잘 먹겠습니다!""

바로 나무젓가락을 쪼개 뜨거운 국수를 후루룩 먹었다.

"으—음, 맛있다!"

"다시마로 육수를 확실하게 냈으니까."

"매년 생각하지만 심야에 탄수화물을 섭취한다는 죄책감이 엄청 심해."

"……."

그 순간 여동생의 젓가락이 탁 멈췄다.

"괜찮아……이걸 먹기 위해 저녁은 적게 먹었고 게다가

내일은 첫 참배 가서 많이 걸어야 하니까 괜찮아……괜찮은걸…….”
“뭔가 미안…….”
해선 안 되는 말을 입 밖으로 내뱉고 만 것 같았다.
미즈하는 말랐으니까 신경 쓸 것 없다고 전하자 되살아난 듯, 죄 많은 심야 식사를 재개했다.
“올해도 이제 곧 끝이네.”
“그래, 많은 일들이 있었지.”
인상에 남는 건 역시 팬티가 첨부된 러브레터를 받은 일이겠지.
부실에서 신데렐라의 연애편지를 발견한 후, 차례차례 여성들의 변태성벽이 발각되었고 그때마다 어브노말한 해프닝과 맞닥뜨리게 되었다.
“……정말, 많은 일들이 있었지.”
다시 생각해보면 변태에게 휘둘리기만 했던 1년이었다.
“아빠랑 엄마, 올해는 집에 못 왔네.”
“뭐, 비교적 늘 있는 일이니까.”
많이 바쁜 부모님은 좀처럼 조우할 수 없는 레어 캐릭터 같은 존재였다.
1년 내내 집에 없고 연말에조차 얼굴을 볼 수 없을 때도 있었다.
그래도 딱히 가족들 사이가 나쁜 건 아니었다.

케이키도 미즈하도 가끔 부모님과 전화로 연락을 주고받고 있었고.

정월에조차 돌아올 수 없는 악덕 기업에 근무하는 부모님을 상상하며 두 사람이 해넘이 국수를 다 먹었을 무렵, TV 화면에선 카운트다운이 시작됐다.

사회를 담당한 여성 아나운서가 새해까지 1분 전이라고 알렸다.

금방 30초가 경과하고 눈 깜짝할 사이에 10초 전으로.

그리고—.

『오, 사, 삼, 이, 일—해피 뉴이어!!』

가수와 관객들의 시끌벅적한 박수에 휩싸이면서 해가 밝았다.

고양된 기분으로 케이키와 미즈하도 새해를 축하했다.

"새해 복 많이 받아, 미즈하."

"올해도 잘 부탁해, 오빠."

늘 하던 새해 인사를 누나며 둘이 서로 웃었다.

"오오, 모두에게서 메시지가 왔어."

"나한테도 왔어."

스마트폰을 확인해보니 쇼마와 코하루에게, 아야노를 시작으로 하는 학생회 부원들, 사유키와 마오에게서도 문자가 와 있었다.

"아, 토키하라 선배한테 굉장한 달필 사진이 왔어."

"그거, 나한테도 왔어."

새해 인사를 연습지에 써서 스마트폰으로 촬영한 것이었다.

메시지 하나에도 개성이 드러나서 재미있었다.

각각 훑어보면서 답장을 하고 있는데 새로 한 통의 메시지가 도착했다.

"오오, 유이카가 보냈네. ……응? 사진?"

인사와 함께 보낸 건 한 장의 셀카 사진.

자기 방 침대에 엎드려 누워 손을 뻗은 후 위에서 찍은 한 장으로, 카메라를 향해 키스를 날리고 있는 파자마 차림의 유이카의 모습이 담겨 있었다.

그리고 마지막에 『두근거려요?』라는 사랑스러운 코멘트가.

"유이카 녀석……."

생각대로 감쪽같이 두근거린 게 분했다.

고백 이후, 그녀의 소악마다움이 한층 더 향상된 것 같았다.

"와아, 키스라니. 유이카 대담하구나."

"옆에서 엿보는 건 별로 탐탁지 않은데."

"오빠가 스마트폰을 보면서 히죽거리니까 신경 쓰여서."

"히죽거리지 않았는데요?"

"히죽거렸어. 인중을 늘리면서."

"뭐라고……."

그렇게 꼴사나운 얼굴을 하고 있었을 줄이야…….

"유이카 귀엽지? 이런 사진을 보내줄 정도로 친해진 것 같은데 혹시 무슨 일 있었어?"

"무, 무슨 소린지 모르겠는데?"

"흐음……."

"……."

여동생의 의심의 시선이 따가웠다.

뭐지, 바람피우다 들킨 것 같은 이 무거운 공기는.

나쁜 짓을 한 것도 아닌데 가만히 있을 수 없는 기분이 들어 무의식적으로 눈을 피하고 말았다.

"뭐, 그건 딱히 상관없지만. 내일은 서예부 부원들이랑 첫 참배를 가기로 했으니까 슬슬 마무리할까?"

"예, 옛썰."

추궁을 면해서 안심했다.

안심했을 때 시야 밖에서 미즈하가 말했다.

"저기, 오빠? 이쪽 좀 볼래?"

"응?"

"흘깃."

"푸흡?!"

케이키가 시선을 옆으로 돌리자 어느샌가 소파에 앉은 미즈하가 양손으로 치마를 젖히고 자신의 팬티를 아낌없이 보여주고 있었다.

오늘의 그녀는 타이츠가 아니라 무릎 아래까지 오는 양말을 착용하고 있었기 때문에 눈부신 다리와 함께 핑크색 속옷이 훤히 다 보였다.

"잠깐, 미즈하 씨?! 뭐 해?!"

"팬티 새해 첫 공개?"

"새해 첫 마수걸이처럼 말해봤자……."

"오빠는 올해도 많은 여자애들의 팬티를 볼 것 같으니까 내가 첫 여자가 되려고."

"항상 좋아서 보는 건 아니거든?"

"후후후, 올해 첫 속옷 공개 잘 했습니다."

"첫 속옷 공개라니."

새로운 말의 탄생과 함께, 케이키의 새해는 여동생의 속옷 공개로 스타트했다.

올해도 변태에게 휘둘리는 한 해가 될 것 같았다.

"—키 선배?"

"……으응?"

"네? 일어나세요, 케이키 선배."

"……으응? 뭐야……?"

여동생의 첫 팬티 공개쇼를 하사받은 선달 그믐날 밤, 누군가에게 이름을 불린 케이키가 눈을 뜨자 침대 위에 앉은 유이카가 이쪽의 얼굴을 들여다보고 있었다.

"아, 일어났네요. 좋은 아침이에요, 선배♪"

"응? 뭐야? 왜 유이카가 내 방에 있어?"

심야 방문자의 등장에 고개를 갸웃거리며 몸을 일으켰다.

그리고 그녀의 전신을 시야에 넣은 순간—.

"……헉, 으으응?!"

케이키의 입에서 놀람의 목소리가 흘러나왔다.

눈앞에 펼쳐진 건 당장은 믿을 수 없는 광경.

침대 위에 털썩 주저앉은 금발 소녀는 의복은 고사하고 속옷조차 걸치지 않은, 완전히 태어난 그대로의 모습이었다.

"유이카?! 왜 알몸이야?!"

"무슨 소리예요? 케이키 선배도 알몸이잖아요."

"뭐? ……앗, 진짜네!!"

유이카뿐만 아니라 무려 자신까지 노팬티의 풀 오픈 상태였다.

“후후후, 알몸과 알몸으로 한 쌍이네요?”

“왜 즐기는 건데?! 그리고 조금만 가리면 안 돼?! 전부 보이거든!”

“네? 알몸 정도는 뭐 어때요? 유이카랑 선배는 이미 연인 사인데.”

“연인 사이?!”

코가 유이카랑 키류 케이키가?

서로 좋아하며 꺄꺄 우후후한 관계로?

“아니, 잠깐만? 조금만 기다려봐? 언제 그렇게 됐는데?”

분명 고백은 받았지만 아직 대답은 하지 않았다.

그러자 유이카가 붉어진 뺨에 양손을 대고 몸을 꼬면서 해설을 시작했다.

“불과 몇 시간 전에 말해줬잖아요. 부끄러워하는 유이카를 부드럽게 안아주면서 ‘네 눈동자에 폴 인 러브’라고.”

“내가 그렇게 창피한 소릴 했어?!”

“대사 같은 건 아무래도 상관없어요. 유이카는 그저 케이키 선배가 유이카를 선택해준 게 기뻤어요.”

“유이카…….”

“그러니까―.”

좁은 침대 위에서 곁으로 다가온 그녀가 케이키를 꽉 껴안았다.

"오늘 밤은 유이카의 전부를 받아주세요……."

"으아아아아악?!"

"케이키 선배, 정말 좋아해요♪"

"으아아앗?! 소극적이지만 부드러운 작은 가슴이 아아아앗?!"

무방비한 가슴 부분이 바짝 닿자 이성에게 면역이 없는 동정 남자가 비명을 질렀다.

이러면 이제 여러 가지로 '졸업'까지 곧장 직진.

이유도 모른 채 정조를 빼앗기고 말 것이다—.

"기다려!"

"응? 사유키 선배?!"

시작할 뻔한 로맨스를 방해한 건 별안간 침대 위에 출현한 토키하라 사유키였다.

"왜 여기 사유키 선배가?! 그리고 왜 당연한 듯 알몸인데?!"

그래, 당연한 듯 사유키 또한 알몸이었다.

전혀 가리려고도 하지 않고 장승처럼 우뚝 버티고 서 있어서 눈 둘 곳을 찾을 수 없었다.

그보다 그 포즈, 완전히 봐선 안 되는 부분이 보였다.

"코가의 도둑고양이 짓도 참 곤란하네. 본처인 날 제쳐두고 케이키의 연인을 사칭하다니, 가소롭긴!"

"누가 본처라는 거예요?! 유이카야말로 케이키 선배의 여자친구이자 새신부예요!"

"뭐야, 이 전개는……."

흑발 미녀의 난입에 의해 상황이 카오스 상태로 돌입했다.

"케이키 선배의 사랑은 유이카만이 누릴 수 있어요! 유이카는 케이키 선배에게 고백받은 여자니까!"

"어머, 고백이라면 나도 받았어. 야경이 보이는 호텔에서 부끄러워하는 내 턱을 손으로 살짝 들어올리며 '이 세상에서 너의 가슴을 가장 사랑해'라고."

"정말 내가 그렇게 말했다고!? 오히려 사유키 선배는 그런 고백으로 괜찮아요?!"

"몸이 목적이라니, 솔직한 부분이 멋지다고 생각했어."

"그러고 보니 이런 사람이었지!"

사유키 선배는 오늘도 섹시하고 변태였다.

"—저기, 케이키? 케이키가 원하는 건 코가의 절벽 가슴이 아니라 나의 풍만한 가슴이지?"

그렇게 말하며 가까운 거리에서 암표범의 포즈를 취하는 흑발 미녀.

그 순간, 풍만한 유방이 위험한 레벨로 강조되어 이쪽을 도발하듯 출렁대며 흔들렸다.

"그런 건 아니에요! 케이키 선배는 오히려 유이카의 마니악하고 배덕적인 가슴에 매력을 느끼고 있을 걸요!"

경쟁하듯 사유키와 같은 포즈를 취하는 금발 미녀.

그 순간 작지만 부드러워 보이는 가슴이 응석 부리듯 출렁 흔들렸다.

(이, 건, 위, 험, 해!)

오른쪽엔 사유키.

왼쪽엔 유이카.

침대에 알몸 상태인 여자가 있는 시점부터 정신이 나갈 것 같은데 각자가 가슴 부분을 과시하듯 납죽 엎드리고 있었다.

그 과도한 섹시함에 뜨거운 게 복받쳤다.

"그럼 어느 쪽이 먼저 케이키를 만족시킬 수 있을지 승부해!"

"바라던 바예요!"

"……뭐?"

불온한 대화가 들렸을 때는 이미 모든 것이 늦은 후였다.

"간다, 케이키! 꽈아악~!"

"유이카도! 꽈아악~!"

"으아아아아아아아아아아앗?!"

좌우에서 동시에 끌어안았고, 생생하고 부드러운 살결의 감촉에 이성이 한순간에 날아가 버렸다.

글래머와 절벽에 의한 매혹의 샌드위치에 진심으로 코피가 나올 것 같았다.

(아아……처음은 맨투맨으로 바치고 싶은 인생이었어…….)

그렇게 알몸의 두 미녀와 진하게 접촉하는 현실이라고는

생각할 수 없는 서비스 장면을 체험한 순간, 케이키의 의식이 갑자기 끊어졌다.

"……."

의식이 돌아왔을 때 그곳은 또다시 본인 방 침대 위였다.

머리맡의 시계는 아침 6시를 가리키고 있었고 방 안에 유이카와 사유키의 모습은 보이지 않았으며 자신이 꿈을 꿨다는 걸 이해했다.

"터무니없이 파렴치한 꿈을 꾸고 말았어……."

정말 근래에 보기 드문 야한 꿈이었다.

알몸의 두 여자가 다가오다니, 얼마나 젊음의 정열을 주체 못 하고 있는 거지?

"왠지 두 사람에게 미안하네……."

꿈속이라고 해도 여자의 알몸을 보고 말았으니.

묘한 죄책감에 이곳에는 없는 후배와 선배에게 사과했다.

◇

파렴치한 꿈에서 깬 1월 1일 오전 10시경.

미즈하와 함께 지역 신사로 향하자 약속 장소인 토리이 앞에 유이카와 마오의 모습이 보였다.

나들이옷 차림의 유이카가 이쪽을 보며 웃는 얼굴로 손을 흔들었다.

"케이키 선배, 미즈하 선배, 새해 복 많이 받으세요."

"새해 복 많이 받아. 올해도 잘 부탁해."

"새해 복 많이 받아, 유이카. 마오도."

"새해 복 많이 받아. 올해도 잘 부탁해~."

유이카, 케이키, 미즈하, 마오 순으로 다시 한번 새해 인사를 건넸다.

"유이카는 기모노 차림이네. 잘 어울려."

"에헤헤, 엄마가 입혀줬어요."

하늘빛 기모노를 입은 유이카는 머리도 예쁘게 세팅되어 있어서 살짝 어른스러운 인상이었다.

손에 든 복주머니도 기모노랑 한 쌍이라 괜찮은 느낌.

참고로 미즈하는 새하얀 더플코트에 치마와 타이츠를 맞춘 여성스러운 사복 차림이었고, 마오는 움직이기 쉬운 팬츠룩에 다운재킷을 걸친 캐주얼하면서도 세련된 모습이었다.

그리고 케이키는 밝은 흰색 니트에 신상 청 점퍼를 겹쳐 입고 밑에는 검은 스키니로 꽉 조인 평소보다 약간 기합을 넣은 복장이었다.

(좋아한다고 말해준 아이한테 꼴사나운 모습을 보일 순 없으니까…….)

스스로 생각해봐도 본인이 단순한 녀석인 것 같지만 연애 초심자 병아리니까 너그럽게 봐줬으면 좋겠다.

"그럼 아직 안 온 건 사유키 선배뿐인가?"

"부장이라면 아까 『볼일이 생겨서 먼저 들어갔다』라고 문자가 왔었어."

"볼일이라니?"

바로 되묻자 마오가 '글쎄?'라며 어깨를 으쓱거렸다.

"그건 모르겠지만 대충 걷다 보면 만나겠지."

"그것도 그런가."

볼일이라는 게 신경 쓰였지만 먼저 들어갔다면 나중에 합류할 수 있을 것이다.

"그럼 우리도 갈까?"

""""오케이!""""

앞서 들어간 사유키를 제외한 멤버 4명이 신사 경내로 들어갔다.

새해 직후라 많은 참배객의 모습이 보였다.

"그러고 보니 마오 선배. 신간 감사했습니다. 이번에도 훌륭했어요."

"그래? 마음에 들었다니 다행이야."

"마오, 겨울 코믹 마켓에서 여기로 직행했지?"

"용케도 잘 버티네."

마오가 참가한 건 겨울 코믹 마켓 최종일인 12월 31일, 즉, 어제.

월등히 큰 규모를 자랑하는 발매회에서 자작 BL책을 팔고 그다음 날 집으로 돌아와 첫 참배라니, 하드 스케줄 그 자체였다.

"훗, 부녀자의 열정을 얕보지 말라고."

"굳이 말하자면 기가 막힌 건데."

그런 대화를 나누며 포장마차가 즐비한 참배길을 걷고 있는데.

"응? 케이 선배랑 서예부 여러분이잖아요."

"린타로?"

앞에서 다가온 건 학생회에서 서기를 맡고 있는 1학년생, 미타니 린이었다.

"새해 복 많이 받으세요, 케이 선배."

"새해 복 많이 받아. 오늘은 여장이 아니네."

"아하하, 아무리 저라도 언제나 치마를 입고 있는 건 아니에요."

본인 말대로 린타로가 입고 있는 건 남성용 바지에 코트, 본래 성별대로 입은 양복이었지만 그래도 남장하고 있는 여자로밖에 보이지 않는 그의 미소녀 같은 모습이 대단했다.

"선배들은 이제 참배하시려고요?"

"그래, 린타로는?"

"전 이미 끝내고 돌아가는 길이에요. 원래는 학생회 모두랑 함께 참배할 예정이었는데 늦잠 자서 지각하고 말았거든요."

"흐음, 밤이라도 샜어?"

"네에, 마음에 드는 그라비아 사진집을 보다가 시간을 잊고 말았어요."

"예상 외로 최악의 이유였네."

"참고로, 신께는 글래머 여자친구를 갖고 싶다고 빌고 왔어요."

"욕망에 너무 충실한 거 아니냐……."

여전히 글래머를 사랑하는 모습에 케이 선배, 곤혹.

너무 적나라한 발언에 서예부 여성들이 아무 말 없이 거리를 두는데도 그걸 털끝만큼도 신경 쓰지 않는 그의 멘탈에는 감탄할 수밖에 없었다.

"……그런데 케이 선배?"

갑자기 목소리를 죽인 린타로가 은밀한 이야기를 하려는 듯 몸을 기댔다.

뒤에 있는 여성들을 힐끗 쳐다보다—정확하게는 그중 한 명을 바라보며 작은 목소리로 털어놓았다.

"(문화제 때부터 생각했는데 역시 미즈하 선배는 귀엽네요. 완전 제 타입이에요.)"

"(아—, 메이드 카페에서 숨은 글래머라는 걸 꿰뚫어 봤었지…….)"

서예부가 빚을 갚기 위해 메이드 카페를 운영했을 때 '누가 좋아?'라는 시호의 질문에 린타로가 선택한 게 미즈하였다.

“(1학년들 사이에서도 평판이 좋아요. 요리도 잘하고 가정적이고 차분한 성격에 착하고 정말이지 청순해 보이는 부분이 최고라고.)”

“(……그렇게 청순한 것도 아닌데.)”

“(네?)”

“(아니, 아무것도 아니야…….)”

키류 미즈하가 노출광이라는 건 절대 비밀이었다.

노팬티로 등교한다는 소문이 퍼지면 학교에 다닐 수 없게 될 것이다.

“(그러니까 꼭 여동생분을 저에게 소개해주세요.)”

“(거절할게. 가슴이 목적인 녀석에게 미즈하는 못 줘.)”

“(의외네요. 그 말은 제가 몸을 목적으로 하는 쓰레기 같잖아요.)”

“(글래머 여자친구를 갖고 싶다고 신께 기도한 시점에서 쓰레기 맞잖아.)”

“(뭐, 미즈하 선배가 숨은 글래머라는 사실에 매력을 느끼지 않았다면 거짓말이겠지만요.)”

“(이거 봐, 역시나!)”

“(쳇~, 알겠어요. 제힘으로 어떻게든 해볼게요.)”

교섭이 결렬되자 린타로가 몸을 뗐다.

“그럼 전 이만.”

"그래, 또 보자."

크게 손을 흔들며 멀어지는 후배를 배웅하며 모두가 모인 쪽으로 돌아섰다.

그러자 서예부 여자 3명이 차가운 눈으로 이쪽을 보고 있었다.

"……."

"……."

"……."

"응? 뭐야, 이 분위기?"

가슴 이야기만 했던 린타로라면 몰라도 자신이 경멸의 시선을 받을 이유를 알 수 없었다.

"……저기, 키류?"

"아, 네."

"미타니한테 사진집을 빌리겠다는 계획은 세웠어?"

"뭐?"

엉뚱한 마오의 말에 깜짝 놀라 표정을 움츠렸다.

"참나, 키류도 참……그런 이야기는 여자가 없을 때 해."

"어쩔 수 없지. 오빠는 가슴 소믈리에니까."

"케이키 선배 야해요……."

"왜 내가 뭇매를 맞는 건데?!"

아무래도 린타로와의 은밀한 이야기가 야한 책을 빌리기 위한 교섭인 줄 아는 듯했다.

불명예의 오명을 쓴 피해자는 필사적으로 자신의 결백을 호소했다.

기분을 새로이 하고 참배객 행렬에 줄을 선 지 몇 분, 드디어 차례가 돌아온 4명은 나란히 5엔짜리 동전을 새전함에 던져 넣고 종을 울린 후 신께 손을 모았다.

늘어선 순서는 왼쪽부터 유이카, 미즈하, 케이키, 마오 순—.

"올해도 키류와 아키야마가 소재를 많이 남겨주기를……."

"올해야말로 오빠가 자주적으로 욕실을 엿봐주기를……."

"……."

양 사이드에서 불온한 소원이 들렸지만 물론 무시.

두 사람의 변태적인 소망은 제쳐두고 자신의 소원에 집중했다.

(올해는 변태적인 해프닝은 적당히 하고 무사평온하게 보낼 수 있기를…….)

작년 경험을 근거로 비교적 절실한 소원을 털어놓고 참배를 끝냈다.

"그럼 이제 어떻게 할까?"

"유이카는 운세 뽑기 하고 싶어요."

"아, 나도 뽑고 싶어."

"괜찮은데?"

후배의 제안에 미즈하와 마오가 동의해 모두 다 같이 사무소로 향했다.

무녀 누나에게 돈을 건네고 각자 운세를 뽑았다.

"우와, 난 대흉이야……."

"선두타자가 갑자기 대흉이라니……."

"『사업운은 양호하지만 적절하게 쉬는 게 길. 너무 많이 일하면 쓰러집니다』라는데."

"그건 고등학생을 위한 조언은 아닌 것 같아."

실제로 마오는 너무 많이 일하니까 쉬는 게 좋을 것 같았다.

"난 소길. 전체적인 운은 그럭저럭 괜찮은데『행운은 누워서 기다려라』라는데. 오빠는?"

"나도 소길인데……."

딱히 나쁘지는 않지만 그것보다도 쓰여 있는 내용이 신경 쓰였다.

『올해는 좋은 한 해가 되겠다. 다만 파렴치한 행실을 보이는 괘씸한 자에게는 천벌이 내릴 것. 구체적으로는 머리 위를 주의.』

굉장히 구체적인 코멘트에 운세를 본 마오랑 미즈하가 소감을 늘어놓았다.

"흐음, 키류는 머리 위를 조심하라고."

"교실에 들어가면 칠판지우개라도 떨어지는 거 아니야?"

"너무 진부하잖아……."

초등학교 때도 그런 장난을 당한 기억은 없었다.

"애초에 난 파렴치하지 않으니까."

"아니, 키류는 파렴치해."

"오빠는 파렴치하다고 생각해."

"케이키 선배는 만장일치로 파렴치해요."

"만장일치로 파렴치해?!"

만장일치로 파렴치하다는 걸 인정받고 말았다.

(뭐, 그런 꿈을 꾼 이상 파렴치하지 않다고는 말할 수 없나…….)

여자들이 결탁하면 불리하기 때문에 이야기를 바꾸기로 했다.

"유이카는 어땠어?"

"일단 대길인데요……."

후배가 보여준 운세에는『전체적인 운은 최고지만 연애만은 문제가 있음. 딱 좋을 때 생각지 못한 방해꾼이 끼어들지도?』라고 이것 또한 묘하게 구체적인 내용이 적혀 있었다.

"으음……이런 건 전혀 대길이 아니에요……."

"뭐, 점은 점이니까 너무 신경 안 쓰는 게 제일이야. 저쪽에 제비를 묶는 곳이 있으니까 갔다 오자."

"그럼 유이카의 제비는 케이키 선배가 묶어주세요."

"그래, 그래."

"후후, 감사합니다."

제비를 받아들자 후배에게 미소가 돌아왔다.

그렇게 유이카의 제비와 하는 김에 마오의 대흉이 적힌 제비도 소정의 장소에 묶고 포장마차를 둘러보자는 이야기가 나왔을 때 사건은 일어났다.

"으윽……이제 한계야……."

갑자기 이마를 짚은 마오가 근처 나무에 몸을 기댔다.

"난죠? 왜 그래?"

"갑자기 현기증이……길을 걷는 커플이 전부 반라의 신사 커플로 보여……."

"잠깐, 환각을 보다니, 그건 큰일이잖아……."

머릿속이 중증인 건 늘 있는 일이지만 얼굴이 창백했고 컨디션이 안 좋은 건 틀림없었다.

"마오 선배, 괜찮아요……?"

"안 괜찮은 것 같아……단적으로 말하면 엄청 졸려. 몸이 한계를 맞이했나 봐……."

"그야 연말부터 그만큼 일했으니까……."

원고를 완성시켰을 뿐만 아니라 지역 동인 이벤트에 참가해 신간을 팔고 게다가 겨울 코믹 마켓에도 출점했다가 쉴 틈도 없이 돌아왔으니.

축적된 피로가 단숨에 마오를 덮친 걸지도 모르겠다.

"적어도 하룻밤이라도 쉬었으면 좋았을 텐데."

"그렇지만 모두랑 첫 참배하고 싶었단 말이야……."
"난죠……."
그런 말을 들으면 더는 아무 말도 할 수 없었다.
입으로는 내뱉지 않았지만 마오는 손이 많이 가는 말괄량이다.
"하지만 키류 말이 맞아. 오늘은 얌전히 돌아가서 쉴게."
"오빠. 난 마오를 바래다주고 올게."
"그래. 부탁해."
우르르 몰려가는 것도 민폐가 될 거고 여자의 집에 갈 거라면 동성이 더 낫겠지.
"미즈하, 미안……."
"그런 말 안 하기로 약속해."
약속을 주고받으며 마오와 미즈하가 집으로 돌아갔다.
그런 두 사람을 배웅하며 남겨진 케이키와 유이카는 불쑥 중얼거렸다.
"난죠가 뽑은 운세가 완전 적중했지?"
"게다가 즉효성이 있었어요."
일을 너무 많이 하면 쓰러진다고 쓰여 있었지만 극히 정확하게 미래를 저격했을 정도로 적중률이 높았다.
"뭔가……갑자기 단둘이 되고 말았네요."
"그러게……."
"마녀 선배도 안 보이고, 이대로 둘이 데이트할까요?"

우스갯소리를 하듯이 내뱉은 직후 기모노 차림의 후배가 팔을 부둥켜안았다.

"유, 유이카?!"

"후후후, 이렇게 있으니까 따뜻하네요."

"신나 있는데 미안하지만 사람들이 엄청 보고 있거든?"

경내에서 당당하게 알콩달콩한 모습을 보이는 케이키와 유이카는 주변의 시선을 끌고 있었다.

솔직히 꽤나 창피했다.

"……얼마 전에 집에 갔을 때도 생각했지만 요즘 왠지 유이카가 적극적이지 않아? 대답은 기다려준다고 했으면서."

"대답을 기다린다고는 했지만 얌전히 있을 거라고는 안 했으니까요."

"뭐어?!"

"그러니까—."

팔에 딱 달라붙은 채 장난스러운 미소를 띠며 유이카가 케이키의 코끝을 손가락으로 눌렀다.

"선배가 유이카를 선택하게 마구 어필할 테니까 각오하세요."

"……."

눈치챘으려나?

이게 코가 유이카의 파괴력이었다.

탈 변태를 선언한 여자 후배가 너무 귀여워서 괴로웠다.

(신이시여, 전 어떻게 해야 합니까?)
물어봐도 당연히 신은 답해주지 않았다.
이럴 땐 오랜만에 내 마음속에 있는 천사와 악마에게 등장을 부탁해야지.

악마 케이키 "그냥 유이카랑 사귀면 되잖아요?"
천사 케이키 "그럼 안 돼. 좀 더 신중히 생각해야지."
악마 케이키 "하지만 여자애한테 고백받을 기회는 이제 없을지도 몰라요."
천사 케이키 "그건 그렇지만……."
악마 케이키 "변태도 그만두겠다고 했고 좋은 일뿐이잖아요."
천사 케이키 "확실히 도S를 봉인한 유이카는 엄청 귀엽지."
악마 케이키 "엄청 귀여운 유이카랑 마음껏 뽀뽀할 수 있어요. 최고잖아요."
천사 케이키 "……최고일지도 몰라."

역시 이번에도 악마가 우세했다.
악마가 말한 대로 앞으로 다른 여자에게 고백받을 가능성은 한없이 제로에 가깝겠지.
그렇게 생각하면 유이카는 굉장히 귀중한 존재였다.
(아마 궁합도 나쁘지 않은 것 같고.)

유이카 정도는 아니라고 해도 케이키도 책을 읽고 굳이 말하자면 집돌이라서 취미도 맞을 것 같았다.

무엇보다 그녀는 평범한 여자아이가 되겠다는 말까지 해줬다.

몇 번을 생각해봐도 교제 신청을 거절할 이유는 없는 것 같았다.

그런데 대답을 내릴 수 없는 건 왜일까.

(왜 대답을 내리려고 하면 가슴 안쪽이 답답해지는 걸까?)

정체는 알 수 없지만 무언가가 계속 걸렸다.

그 정체를 확인하지 않고 대답을 하면 후회할 것 같아서 아무래도 한 걸음 내디딜 수가 없었다.

케이키가 생각의 미로를 헤매는 사이 바로 옆에서 『딩동♪』 하고 긴장감 없는 전자음이 울렸다.

"아, 유이카 스마트폰 같네요."

아무래도 착신이 온 것 같았다. 복주머니 안에서 스마트폰을 꺼내 화면을 조작한 유이카가 「응?!」 하고 큰 소리를 질렀다.

"죄송해요, 케이키 선배! 유이카는 급한 일이 생겨서 그만 가볼게요!"

"급한 일?"

"대여점에서 메일이 와서요. 유이카가 빌렸던 DVD 반납일이 오늘이었던 걸 깜빡하고 있었어요. 오전 중으로 돌려주지 않으면 연체요금이 발생한다고…….”

“그건 절대로 내기 싫지.”

가게에 따라 다르지만 연체요금은 꽤나 비쌌다.

케이키 자신은 경험이 없지만 반납일을 며칠 깜빡했던 지인 왈, 총 5천 엔 가까운 추가 요금이 발생했다고 했다. 정말 무시무시한 이야기였다.

“부모님께 반납해달라고 부탁드리지 그래?”

“그게……. 내용이 좀, 부모님께는 보여드릴 수 없는 거라…….”

“아아, 과연.”

창피한 듯 말을 더듬는 후배를 보며 깨달았다.

“야한 거야?”

“살짝 과격할 뿐 평범한 외국 영화예요!”

그걸 다른 사람들은 야한 거라고 하지.

“어, 어쨌든 오늘은 그만 실례할게요!”

“아, 응…….”

익숙하지 않은 기모노 차림으로 낼 수 있는 최고의 빠른 걸음으로 유이카가 경내를 뒤로했다.

그 모습이 보이지 않게 된 후 케이키가 혼자 중얼거렸다.

“유이카는 생각보다 음탕하구나.”

처음 마오의 동인지를 봤을 때도 흥미진진해했었고, 그런 나이니까.

"그러고 보니 유이카의 운세에 생각지도 못한 방해꾼이 등장한다고 쓰여 있었는데……설마……."

마오에 이어 유이카도 운세에 쓰여 있었던 대로 서예부 멤버에게 차례차례 불행이 닥쳤지만 그건 단지 우연이겠지.

운세는 운세일 뿐이니까.

단순한 종잇조각에 마법 같은 힘이 있을 리가 없으니까.

그 이후 남겨진 케이키는 혼자 경내에 우뚝 서 있었다.

"외톨이가 되고 말았네……."

과로와 수면 부족에 의한 컨디션 불량으로 마오가 퇴장했고 미즈하가 그 곁을 따랐으며 그리고 유이카는 어찌할 도리가 없는 급한 일로 돌아가고 말았다.

참배객으로 붐비는 가운데 솔로는 꽤 외로웠다.

무료해져서 무의식중에 초코바나나를 사고 말았다.

"이건 난죠가 있었으면 절대로 못 샀겠지……."

소재로 쓸 게 틀림없는 위험한 음식물을 입 안에 가득 넣고 경내를 어슬렁거렸다.

"그건 그렇고 사유키 선배는 어디 있지?"

신사에는 도착했다고 했는데 전혀 모습을 볼 수 없었다.

스마트폰으로 메시지를 보내도 답장도 없고.

연락이 안 되는 상황에선 돌아가려고 해도 갈 수 없었다.

"……응? 뭐지?"

조금 전 운세 뽑기를 했던 사무소 출입구 앞에 사람들이 많이 모여 있었다.

확인해보니 그곳에는 커다란 목제 패널이 놓여 있었고 역시 커다란 일본 전통 종이가 붙어 있었다.

그 바로 옆에는 먹이 든 양동이와 어린이 키 정도 될 법한 거대한 붓이 준비되어 있었다.

"아아, 신춘 휘호? 새해에 열리는 연례 행사였지?"

신관님이 좋은 한 해가 되기를 빌며 신춘 휘호를 작성하는 행사였다.

그다지 흥미는 없었던 케이키였지만 등장한 인물을 보고 깜짝 놀랐다.

"응?!"

그 자리에 나타난 건 새하얀 옷에 붉은 하의를 몸에 두른 흑발의 무녀.

길고 아름다운 흑발에 숨이 멎을 정도의 미모, 대서특필해야 할 점은 많았지만 여기서 주목하고 싶은 건 그녀의 가슴.

무녀님이 걸을 때마다 흔들리는 멋진 큰 가슴이 너무 낯익었다.

"사유키 선배?!"

자칭 가슴 소믈리에인 케이키가 잘못 볼 리가 없었다.

관중 앞에 선 무녀님은 우리 서예부 부장.

토키하라 사유키 그 사람이었다.

"왜 사유키 선배가?"

온종일 보이지 않더니 이런 곳에서 조우할 줄이야.

놀란 후배가 지켜보는 가운데 무녀로 분장한 흑발 미녀가 양손으로 커다란 붓을 들어 올렸다.

그 붓끝을 대담하게 양동이 속 먹물에 담근 후 걸쳐 세워 놓은 종이를 향해 내동댕이치듯 문자를 써 내려가기 시작했다.

"오오……."

붓 사이즈를 아랑곳하지 않는 훌륭한 붓놀림에 감탄이 흘러나왔다.

그렇게 그녀는 눈 깜짝할 사이에 작품을 완성했고, 새하얬던 종이 위에 멋지게 『행』이라는 한자가 탄생했다.

역시 콩쿠르 입상 단골. 아마추어의 눈에도 문자에 생기가 넘친다는 걸 알 수 있었다.

붓을 내려놓은 사유키가 가볍게 인사를 건네자 관중들로부터 박수가 터져 나왔다.

큰 환호성 속에서 아이돌을 닮은 미소로 손을 흔들던 그녀가 사무소 쪽으로 향했다.

"앗?!"

여기서 놓칠 순 없었다.

그렇게 생각한 케이키가 해산하는 관중들을 밀어 헤치며 사무소로 들어가려던 상급생을 아슬아슬하게 불러 세웠다.

"사유키 선배!"

"응? ……어머, 케이키잖아. 새해 복 많이 받아."

"새해 복 많이 받으세요. 올해도 잘 부탁드려요."

오늘 몇 번이나 받은 인사에 답하며 만반의 준비를 하고 질문을 던졌다.

"그런데 사유키 선배는 뭐 하는 거예요? 갑자기 무녀님 모습으로 등장해서 놀랐어요."

"아아, 케이키도 봤어? 그냥 이벤트 헬프를 부탁받아서."

"헬프?"

"사실은 신관님 일인데 갑자기 허리를 삐끗하셨어. 그래서 서예가인 우리 아버지한테 대역 의뢰가 왔는데……, 우리 아버지는 은둔형 외톨이니까 남들 앞에 나서기 싫다고 해서."

"아아, 그래서 대신……."

볼일이라는 건 이걸 말했던 모양이다.

"그것보다 어때? 무녀복 말이야, 무녀복."

들뜬 목소리로 물어본 후 자랑하듯 빙그르르 돌며 무녀복을 보여주는 사유키.

"잘 어울려요."

"후훗, 케이키는 무녀복도 가능한 타입이구나. 코스프레 마니아라는 이름은 괜히 붙은 게 아니었어."

"코스프레 마니아 아니거든요."

“하지만 바니 걸이나 간호사도 아주 좋아하잖아?”

“그 두 가지를 싫어하는 남자는 남자가 아니라고요.”

건강한 남자라면 다들 좋아할 것이다. 한 점의 부끄러움도 없었다.

“그런데 케이키 뿐이야? 다른 애들은?”

“아……실은 난죠의 컨디션이 안 좋아서 먼저 퇴장했어요. 미즈하는 같이 따라갔고.”

“뭐? 괜찮은 거야?”

“겨울 코믹 마켓의 피로가 쌓인 모양이에요. 그냥 수면 부족이니까 푹 쉬면 회복할 거예요. 그리고 유이카는 급한 일이 생겨서 집에 갔어요.”

“흐음? 그래……?”

흐음, 하고 잠깐 생각에 잠긴 사유키 씨.

“그렇다면……케이키는 지금 혼자야?”

“그렇게 되죠.”

“그럼 지금부터 같이 다녀도 돼?”

“네?”

“모처럼 무녀복도 입었으니까 역시 속박 플레이는 시험해 보고 싶어서. 무슨 일이 있어도 그 도움을—.”

“다른 사람을 찾아보세요.”

“아, 잠깐만. 가지 마. 방금 그건 멋있는 농담이니까.”

발걸음을 돌리려 하자 힘껏 팔을 붙잡았다.

어쩔 수 없이 한숨을 내쉬며 돌아보았다.

"농담은 때와 장소를 골라서 해주세요."

"뭐야, 그렇게 화내지 마. 어쨌든 옷 갈아입고 올 테니까 여기서 기다려."

토라진 후배를 타이르며 부드러운 미소를 띤 사유키가 윙크했다.

"첫 참배, 둘이서 같이 할래?"

◆

사무소 안에 있는 다다미방에서 사유키는 무녀복을 벗고 속옷 차림이 되었다.

평소에는 응접실로 사용되지만 이 시기에는 알바 무녀들의 탈의실로 이용되고 있다고 했다.

장작 난로 덕분에 춥지는 않았지만, 낯선 장소에서 알몸이 되는 건 왠지 불안해서 빨리 옷을 갈아입기 위해 잘 개어둔 사복으로 손을 뻗었다.

타이츠에 다리를 넣으면서 사유키는 케이키에게 들은 이야기를 떠올렸다.

"난죠는 괜찮을까?"

컨디션 불량으로 퇴장했다고 했는데 무사히 귀가했을까.

원고와 이벤트가 연속으로 이어지면서 지친 것 같아 걱정이었다.

초인적인 집안일 능력을 가진 미즈하가 옆에 있으니 괜찮을 것 같긴 하지만…….

"미즈하는 난죠를 돌봐주러 갔고 코가도 급한 일로 집에 돌아가면서 의도치 않게 단둘이 남고 말았네."

새치기하는 것 같아서 미안하긴 했지만 사랑은 선착순이라고들 하니까.

그렇다면 이 기회에 그와 깊은 사이로 진전해보자.

소중히 간직해뒀던 양복을 가슴에 품으며 그런 결의를 해보았다.

"게다가 이건 그걸 확인할 기회이기도 해."

사유키에게는 전부터 신경 쓰였던 게 있었다.

일주일 전으로 거슬러 올라가, 크리스마스이브에 키류 케이키와 코가 유이카가 감행했던 데이트에 관한 일이었다.

미즈하의 정보제공으로 그가 꽤 늦은 시간까지 유이카와 함께 있었다는 건 알고 있었다.

그런 시간까지 그 절벽 가슴 소녀와 뭘 했는지, 솔직히 말해서 그들의 관계에 진전이 있었던 건 아닌지, 정말 신경 쓰이고 쓰여서 참을 수 없었다.

본인들에게 물어보려고 해도 '우리 실은 사귀기 시작했어요☆'라는 말을 듣는 게 무서워서 물어보지도 못하고 일주일 동안 괴로워하며 하루하루를 보냈다.

본인 마음의 안녕을 위해서라도 이쯤에서 진실을 파헤쳐 봐야겠지.

"크리스마스이브 그날, 코가랑 무슨 일이 있었는지 알아내겠어……!"

◇

무녀님 차림의 상급생이 사무소에 들어간 지 10분.

밖에서 기다리던 케이키 곁으로 사복으로 갈아입은 사유키가 후다닥 달려왔다.

"오래 기다렸지?!"

서둘러 왔구나.

서툰 달리기에 뺨이 상기된 그녀는 엉덩이까지 가리는 회색 니트 원피스에 검은 타이츠를 조합한 차림이었고, 옷자락이 긴 원피스에 매칭하는 체스터 코트를 걸치고 있었다.

하의는 타이츠뿐이라는 떳떳함이 남자의 마음을 부추기는 매혹적인 코디였다.

"미안. 신관님께 보고하고 오느라 늦었어."

"괜찮아요. 그럼 지금부터 어떻게 할래요?"

"우선 운세를 뽑고 싶어. 여긴 기묘할 만큼 잘 맞는다고 평판이 좋거든."

"역시 잘 맞는구나……."

“케이키는 어쩔래?”
“전 이미 뽑았어요. 참고로 소길이었죠.”
“뭔가 어중간한 부분이 케이키답네.”
“그게 무슨 의미예요?”
이러쿵저러쿵 둘이서 창구로 향해 서둘러 운세를 뽑았다.
“올해 운세는 어떨까?”
“좋은 결과였으면 좋겠네요.”
“난 대흉이 나와도 대길만큼 인생을 즐길 수 있는 여자야.”
“그럼 운세를 뽑는 의미가…….”
도M 특유의 긍정적인 사고를 살짝 보여주며 그녀는 종이를 폈다.
“어머…….”
“어때요?”
“그냥 길이었어. 종합운은 『좋은 것도 없고 나쁜 것도 없다』. 그래도 연애운은 『좋아하는 사람과는 서로 좋아하고 있습니다. 상성도 최고』라는데?”
“오오, 굉장하네요.”
“그래. 케이키랑 서로 좋아한다는 건 기뻐.”
“네? 저요?”
“당연하지. 나의 운명의 상대는 케이키뿐이야.”
“그, 그건…….”
“난 케이키 말고 다른 사람한테 길러질 생각이 없는걸.

서로 좋아한다는 건 케이키도 마음속으로는 날 펫으로 키우고 싶다는 뜻이지?"

"그런 생각 안 해요. ……뭐, 그런 뻔한 결말이었군요."

헷갈리기 쉬운 말은 안 했으면 좋겠는데.

틀림없이 연애적인 의미인 줄 알았어.

그녀는 역시 펫 지망의 변태 M 노예.

멋진 남자친구보다 도S인 주인을 소망하는 듯했다.

"그럼 열심히 일해서 배가 고픈 펫에게 음식을 주면 기쁘겠어."

"저보고 사라고요……? 뭐, 신춘 휘호도 열심히 쓰셨으니까 좋아요."

"정말?! 그렇게 정했으면 바로 면 종류부터 공격해야지!"

"네, 네."

눈을 반짝이며 포장마차로 향하는 모습에 쓴웃음을 지었다.

아무래도 새해 초부터 지갑 걱정을 해야 할 것 같았다.

초코바나나만으로는 부족했기 때문에 자신이 먹을 음식도 조달할 생각으로 포장마차를 둘러보며 10분 정도 더 지났을 무렵—.

"점심을 확보한 건 좋은데……."

"먹을 곳이 없네……."

점심이 든 비닐봉투를 든 케이키와 사유키 두 사람은 어찌할 바를 몰랐다.

마침 점심시간이기도 해서 간이 테이블과 의자가 놓인 푸드 스페이스는 만석이라 앉을 곳이 없었다.

"어떻게 하죠? 좀 걷게 되겠지만 공원이라도 갈까요?"

"글쎄……."

말을 꺼내던 사유키가 '에취'라고 귀엽게 재채기를 했다.

"……오늘은 좀 춥네."

"아, 그럼 우리 집으로 가실래요? 마침 코타츠도 꺼내놨는데."

"뭐……라고?"

사유키가 『믿을 수 없는 걸 봤다』는 얼굴로 케이키를 바라보았다.

"……갈래……."

"네?"

"지금 케이키 집에 갈래! 무슨 일이 있어도 반드시!"

"대체 무슨 각오를 장전하고 있는 거예요?"

몸을 앞으로 쑥 내밀며 주장하는 모습에 곤혹스러웠지만 애초에 케이키가 먼저 꺼낸 말이라 거절할 이유가 없었다.

그런 이유로 그녀를 집에 초대하게 됐다.

오후 1시를 지나 키류네 집의 거실에서.

상의를 벗고 코타츠로 들어간 케이키와 사유키가 황홀한

미소를 띠며 악마 같은 난방 기구를 만끽하고 있었다.

"하아~……역시 코타츠는 최고야."

"그러게요~."

이미 점심은 다 먹은 후. 야키소바에 타코야키, 오코노미야키라는 탄수화물 3인방에 의해 두 사람의 배는 행복으로 가득 차 있었다.

포만감과 코타츠의 온기로 풀어진 표정이 행복의 크기를 이야기하고 있었다.

"케이키가 부러워. 이렇게 멋진 난방 기구를 마음껏 사용할 수 있다니."

"코타츠 정도는 사유키 선배 집에도 있잖아요?"

"있긴 있지만 내가 너무 게을러서 움직이지 않게 된다고 엄마가 봉인했어. 몇 년 전부터 창고에서 먼지만 뒤집어쓰고 있지."

"그건 선배의 자업자득이에요."

"정말, 케이키까지 엄마 같은 소리 하지 마~."

쭈우욱, 고양이처럼 테이블에 엎드린 상급생.

한참을 그 자세로 응석을 부리듯 꿈틀댄 후 몸을 일으킨 사유키가 후배를 힐끔 훔쳐보았다.

"……그런데 케이키?"

"왜요?"

대충 대답하면서 따뜻한 물을 마셨다.

"코가와의 크리스마스 데이트는 즐거웠어?"

"윽?! 콜록?!"

예상 밖의 질문에 입에 머금은 차를 내뿜을 뻔했다.

"……왜, 왜 갑자기 그 화제를?"

"그냥 다른 뜻은 없었어. 그냥 흥미가 생겨서."

"네에……."

"듣기에는 꽤나 즐긴 것 같던데? 그날은 코가한테 괴롭힘이라고밖에 생각할 수 없는 자랑 문자가 몇 통이나 왔었어."

"아, 네에……."

"듣자 하니 수족관 이벤트로 번쩍 안아줬다며?"

"그, 그런 일도 있었나……?"

"그리고 미즈하한테 들었는데 이브 때는 꽤 귀가가 늦었다면서? 수족관에 가기만 했는데 그렇게 늦을 수 있어?"

"……무, 무슨 말을 하고 싶은 거예요?"

아까부터 마치 취조를 받고 있는 것 같았다.

이거 혹시 고백도 들킨 거 아닌가?

악몽 같은 가능성에 '꿀꺽……' 하고 케이키의 목에서 소리가 났다.

"설마 아니겠지만 케이키……."

"……."

"코가랑 중간에 어디 가서 쉬기라도 한 건 아니겠지?"

"……네?"

순간 머릿속이 새하얘졌다.

역시 잘못 들은 것 같아서 일단 확인을 해봤다.

"저기……쉬다뇨?"

"무슨 소리야? 쉰다는 건 당연히 섹스를 뜻하는 거잖아?"

"선배야말로 무슨 소릴 하는 거예요?!"

"아니, 크리스마스이브잖아?! 특별한 날 데이트라고!! 분위기에 휩쓸려 둘이 어른의 계단을 올라간 끝에 평범한 플레이로는 만족 못 하겠다며 편집적인 SM 플레이라도 한 거 아니야?!"

"진짜 무슨 소릴 하는 거야?!"

평범한 행위조차 허들이 높은데 SM 플레이를 할 리가 없잖아.

의혹을 전부 부정하자 사유키가 놀란 듯이 눈을 끔뻑거렸다.

"뭐? 혹시 정말 안 했어? 크리스마스이브 밤인데? 세상에서 가장 남녀가 애쓰는 날인데?"

"그렇게 진심으로 이상한 듯한 표정을 지어도……."

"역시 케이키는 여자에게 흥미가 없는 거야?"

"역시라뇨? 오히려 너무 흥미가 많아서 곤란할 정도라고요."

출렁거리는 가슴이 있으면 그냥 보게 되고 자연스럽게 여자의 미니스커트로 시선이 가고 용서된다면 만지고 싶어진다.

배짱이 없을 뿐 이성에 대한 흥미는 있었다.

"이야기를 종합하면 즉 케이키는 아직 동정이라는 뜻이네."

"그렇긴 한데요, 얼굴을 마주한 채 듣는 건 아무래도 석연치 않네요……."

"하지만 그럼 왜 집에 늦게 들어갔어?"

"으음……."

"응? 왜? 난 그게 엄청 신경 쓰이는데."

"아니, 그건……."

"그러고 보니 그날은 웬일로 눈이 내렸지."

"그, 그랬나요?"

"크리스마스이브 밤에 눈이 내리다니, 엄청 로맨틱하지 않아? 사랑의 고백을 한다면 절호의 상황이었겠지."

"아, 네에……."

"……저기, 케이키?"

"왜, 왜요……?"

"그날, 집에 늦게 온 건 코가한테 고백받아서—인 건 아니겠지?"

온화한 말투로 건넨 질문.

하지만 부드러운 그 미소가 반대로 공포를 몰고 왔다.

(뭐야, 이거, 무서워……!)

마치 보고 온 것 같은 명추리에 두근거림이 멈추질 않았다.

이대로라면 진실이 알려지고 말 것 같은데, 유이카에게 고백받은 건 외부로 흘리고 싶지 않았다.

특히 서예부 여자부원들 중에서도 톱클래스로 성가신 사유키에게 알려지는 건 피하고 싶었다.

자신의 알몸에 리본을 달고 '선물은 나 라 고♪' 정도는 아무렇지도 않게 할 사람이다.

유이카와의 일이 알려지면 어떤 음란한 행위로 이어질지 상상도 할 수 없었다.

지금은 고백만으로도 벅찬 상황이었고 고민의 씨앗을 늘리고 싶진 않았다.

그렇다면 지금은 어떻게든 얼버무릴 수밖에 없겠지.

"아, 아니—실은 그날, 집에 가는 길에『과장된 도시 전설』라는 화제에 흥분해서 역 앞 카페에서 열심히 이야기를 나눴어요."

"아아, 그 괴이한 TV 방송. 코가가 그런 걸 좋아하는구나. 이해했어."

"이해하셨군요."

말을 꺼낸 본인이 가장 놀랐다.

"……뭐야, 괜히 걱정했네."

"걱정?"

"아니, 아무것도 아니야. ……후훗."

"?"

아무것도 아닌 것치고는 싱글벙글하고 있었다.

무엇 때문인지 잘 모르겠지만 고백 폭로의 위기는 벗어난 것 같아 무엇보다 다행이었다.

"하아, 왠지 맥이 빠져……."

이야기가 끝난 순간 이번에는 슬라임처럼 탁자에 엎드리는 사유키 씨.

그 모습이 귀엽기도 하고 재미있기도 해서 무심코 웃고 말았다.

"사유키 선배, 귤 먹을래요?"

"먹을래."

"나도 먹어야지."

주방에서 갖고 온 바구니에서 귤을 하나 집었다.

"아, 내 것도 까줬으면 좋겠는데."

"직접 까서 드세요."

"뭐야—, 케이키, 정말 엄마 같아."

"선배야말로 어린애 같거든요."

시시한 대화를 나누면서 둘이 귤껍질을 벗기고 있는데 코타츠 안에서 서로의 발이 닿았다.

"……아, 죄송해요."

"아니, 괜찮아."

자주 있는『코타츠에서의 경험』.

그저 상대가 가족 이외의 여성이라는 게 어쩐지 쑥스러

웠다.
“하지만 이건 그거네.”
“응?”
“이제 여기서 나가기 싫어.”
“이해해요.”
코타츠의 마력은 무시무시했다.
TV에서 정월 방송이 나오고 대량의 귤을 세팅해놓으면 이제 끝.
코타츠는 개미지옥처럼 들어온 사람을 놓지 않는 마의 감옥으로 변한다.
그 편안함에서 빠져나오려면 자신과의 치열한 투쟁을 제지할 필요가 있었다.
“그런 코타츠에서 나오기 싫은 나에게 금세기 최대의 시련이 찾아왔어.”
“시련?”
“즉, 화장실에 가고 싶어.”
“됐으니까 얼른 다녀오세요.”
“어쩔 수 없지…….”
정말 미련이 많이 남은 것 같았지만 화장실에 가기 위해 무거운 몸을 일으킨 흑발 미녀.
그리고 오늘 최대의 해프닝은 이 타이밍에 일어났다.
원래라면 거실에서 나가는 사유키를 배웅하기 위한 말이

었지만 어떤 운명의 장난인지 3가지 불행이 겹쳐 생각지도 못한 비극을 불러일으킨 것이다.

우선 불행 그 첫 번째는 계속 앉아있었기에 사유키의 발이 저렸다는 사실이다.

이로써 자기의 저린 발을 눈치 못 챈 사유키의 발이 뒤엉켜 크게 균형을 잃었다.

“꺄악?!”

그리고 불행 그 두 번째는 그녀의 진로 방향에 케이키가 앉아 있었다는 것.

사람은 자세가 무너질 때 통상적으로는 진행 방향으로 쓰러지기에 마침 그 방향에 앉아있던 케이키가 비명에 반응하고 고개를 들었다.

“……응?”

마지막 불행 그 세 번째는 토키하라 사유키가 예사롭지 않은 글래머였다는 것이다.

고개를 든 케이키가 목격한 것은 하늘에서 떨어지는 멋진 가슴이었고—

“가……슴?”

그게 그의 입에서 나온 마지막 말이었다.

“꺄아아악?!”

“으흡?!”

얼굴을 가슴과 충돌한 케이키는 사유키의 체중을 받아내

지 못하고 등부터 바닥에 내던져지고 말았다.

그와 동시에 얼굴을 뒤덮듯 눌린 그녀의 가슴

일반적인 여성의 그것이라면 문제없지만 사유키의 가슴은 어쨌든 볼륨이 굉장했다.

그 압도적인 질량에 의해 케이키의 코와 입, 양쪽의 기도가 완전히 막혀버린 것이다.

(사유키 선배, 빨리 비켜요! 숨을 못 쉬겠어요!)

진심으로 생명의 위험을 느끼고 필사적으로 그녀의 등을 손으로 치는 케이키.

하지만 상황은 생각 이상으로 심각했다.

“이거 큰일이네. 발이 저려서 움직일 수가 없어.”

“흐각?!”

무자비한 사형선고에 알아들을 수 없는 비명이 흘러나왔다.

여기까지 이르러 머릿속에 떠오른 건 신사에서 뽑은 운세였다.

(그 운세는 이런 뜻이었나……?)

머리 위를 주의하라는 건 위에서 떨어지는 가슴에 주의하라는 의미였다.

마오와 유이카에게 불행이 닥쳤을 때부터 안 좋은 예감은 들었지만 설마 자신에게까지 운세의 마수가 뻗칠 줄은 몰랐다.

(아, 이런……슬슬 의식이 날아갈 것 같아…….)

지금까지 몇 번이나 정신을 잃었던 케이키였다.

기절할 타이밍은 어느 정도 알고 있었다.

(뭐, 하지만, 가슴에 휩싸여서 죽는다면 숙원을 이루는 것이니 만족스러운 죽음인가…….)

도망칠 수 없다면 적어도 이 감각을 만끽하는 것도 괜찮겠지.

"……후우, 겨우 저린 게 풀렸어. ……아니, 응? 케이키?"

희미해져 가는 의식 속에서 그녀의 목소리를 들었다.

겨우 비켜준 것 같았지만 때는 이미 늦은 후였다.

몸을 일으킨 사유키가 목격한 건 가슴 밑에 생매장되어 숨이 끊어질 듯한 남자 후배의 모습이었다.

"저기, 케이키?! 왜 그래?! 대체 누가 이런 지독한 짓을?!"

"……."

범인은 당신입니다.

그리고 흉기는 가슴입니다.

그런 다잉 메시지가 떠올랐지만 소리를 낼 수 있을 정도의 힘은 남아 있지 않았고 그 이후 바로 의식이 날아갔다.

(……응?)

케이키가 눈을 떴을 때 그곳은 낯익은 거실이었다.

(아아……집에 돌아왔나……? 그리고 가슴이 떨어졌고…….)

화장실에 가려던 사유키가 쓰러져서 가슴 공격을 받아 아무래도 정신을 잃은 것 같았다.

(그건 그렇다 치고 왠지 머리가 따뜻한데…….)

따뜻하기만 한 건 아니었다.

바닥에 누워있다고는 생각할 수 없는 부드러움이 머리를 받치고 있었다.

(이건……무릎베개?)

그렇다면『무릎을 빌려준 건 누구인가?』라는 의문이 생겼지만 그 대답은 금방 알 수 있었다.

(이 두 개의 산은 사유키 선배구나.)

눈앞에 우뚝 솟은 가슴은 낯이 익었다.

전에도 무릎베개를 해준 적이 있었으니 틀림없었다.

아니, 가슴 때문에 얼굴이 보이지 않는 건 그녀 이외에는 있을 수 없었다.

(일어나는 게 좋겠지만…….)

잠시 생각에 빠졌던 케이키는,

(……뭐, 모처럼이니까 조금 더 만끽하자.)

속마음에 따라 현상 유지를 선택했다.

미소녀의 무릎베개는 쉽게 맛볼 수 있는 것도 아니고, 그녀의 가슴 때문에 기절했으니 이 정도의 부수입은 용서받을 수 있겠지.

정신 차린 걸 알 수 없도록 다시 눈을 감자,

"참나 케이키도 참, 가슴 때문에 기절하다니, 연약하다니까……."

화가 난 듯한 말투로, 그럼에도 불구하고 후배를 배려한 작은 목소리로 사유키가 중얼거렸다.

자는 척하는 걸 들킨 건 아닌 것 같았지만 지금 이 발언은 그냥 흘려버릴 수 없었다.

그보다 자기 가슴 관리에 주의하라고 말하고 싶었다.

정말 언젠가 그 큰 가슴에 사람이 죽을 것 같으니까.

"그런데 정말 푹 잠들었네. 피곤했나?"

(실은 일어나 있거든요.)

재미있어서 마음속으로 댓글을 달았다.

"그건 그렇고 1년이 눈 깜짝할 사이에 지나갔어. 부원이 늘어서 함께 수영장도 가고, 바다에서 합숙도 하고, 축제에서 카페도 운영하고……정말 즐거웠지."

(그러네요.)

사유키와 단둘이 지내는 조용한 서예부도 좋았지만 대가족이 된 떠들썩한 서예부도 마음에 들었다.

"게다가 무엇보다 케이키가 성희롱도 많이 해줬고."

(앞에 한 좋은 이야기가 엉망이 됐네요.)

“개인적으로는 다리 밑에서 내 엉덩이를 만졌을 때가 베스트 변태였어.”

(그런 일도 있었나…….)

자원봉사 활동으로 쓰레기 줍기에 참가했을 때였던가.

폭주한 도M을 막기 위해 약점인 엉덩이를 어루만졌었다.

“노팬티로 유원지에 가고, 케이키의 팬티를 입고 등교한 적도 있었지.”

(새삼스럽게 떠올리니 터무니없는 변태 플레이였네요.)

노팬티로 데이트도 하고.

훔친 남자 팬티를 착용하고.

소녀의 소 자와도 상종 못 할 갖가지 변태 플레이가 무수정 상태로 떠올랐다.

(참나, 사유키 선배는…….)

정말 속수무책인 변태였다.

하지만 여전한 상급생이 우스꽝스러워서 웃고 말았다.

함께 있으면 즐거운 건 설령 변태라 해도 변함없는 그녀의 매력이었다.

“……하지만 이렇게 즐거운 건 분명 케이키가 곁에 있어줬기 때문이겠지.”

(……응?)

“이런 식으로 계속 케이키랑 함께 있고 싶은 건 내 억지일까……?”

(응? 어라? 사유키 선배……?)

"케이키를 독차지하고 싶은 건 나쁜 일일까……?"

(잠깐만? 이건—.)

"그건 그렇고 크리스마스이브에 코가랑 아무 일도 없었다는 걸 알게 돼서 안심했어. 그 애랑 사귀게 되면 날 신경 써줄 수 없게 되잖아."

(이건 내가 들으면 안 되는 거 아니야?!)

초조해하는 후배를 제쳐놓고 사유키 씨의 독백이 멈추지 않았다.

이대로라면 돌이킬 수 없는 사태가 벌어질 것 같아서 일어나려는데 새로운 목소리가 귀에 닿아 어쩔 수 없이 현상 유지를 선택했다.

"—저기, 케이키?"

후배의 머리를 쓰다듬으며 속삭이듯 이름을 부른 그녀는—.

"나 말이야, 케이키가 좋아."

어른스러운 음성으로 녹아내릴 듯 달콤한 자신의 마음을 전했다.

(……응?)

그건 정말 완전히 들어선 안 되는 종류의 소녀의 마음.

(뭐어어어어어어어어어어어어어?!)

의도치 않게 엿듣고 만 그녀의 비밀은, 남자 후배를 녹아 웃시킨 큰 가슴과도 경쟁 가능한 너무나도 커다란 것이었다.

제3장 당신이 좋아하는 건 커다란 엉덩이인가요? 아니면 작은 엉덩이인가요?

짧은 겨울방학이 끝나고 시작된 3학기 첫날.

4교시 체육 수업 중 체육관 구석 바닥에 앉아 무릎을 세우고 양팔로 감싸 안은 채 농구 게임을 하고 있는 쇼마를 바라보며 케이키는 깊은 생각에 빠졌다.

주요 의제는 물론 첫 참배를 하던 날 사유키가 내뱉은 발언에 대한 것이었다.

"사유키 선배가……날 좋아해?"

그 이후 케이키는 자는 척했던 걸 모르도록 타이밍을 가늠해서 아무것도 모르는 얼굴로 일어났다.

그리고 그녀는 기절시킨 걸 사과한 뒤 어두워지기 전에 자신의 집으로 돌아갔다.

케이키가 엿들은 걸 언급하지 않았기 때문에 후배가 자는 척했다는 것도 자신의 발언을 들었다는 것도 그녀는 모를 것이다.

하지만 듣고 만 사실이 사라지진 않았다.

요즘은 계속 그 생각만 하고 있었다.

"안녕, 키류."

"응?"

고개를 들자 케이키와 같은 체육복 차림의 오니즈카 메구미가 서 있었고 친숙한 듯 손을 들고 있었다.

"아아, 오니즈카였어?"

"지금 대기 중이라 한가하거든요. 대화 상대가 되어주지 않겠어요?"

"좋아."

"그럼 옆에 좀 앉을게요."

적절한 거리를 둔 메구미가 옆에 앉아 무릎을 세우고 양팔로 감싸 안았다.

대화를 나누는 건 크리스마스 데이트 때 수족관에서 만난 이후 처음이었다.

그녀도 아무래도 시합을 기다리는 것 같아 여학생들 공간을 힐끗 쳐다보니 배구 코트에서 마오가 스파이크를 때리고 있었다.

"난죠는 운동신경이 좋네요. 부러워요."

"저 녀석은 기본적으로 뭐든 잘하니까."

게임도 잘하고 수영도 잘하고 그림 레벨은 이미 프로급.

신께 사랑받는 타입의 인종이었다.

"아키야마도 스포츠에 만능인 것 같던데요."

"로리콘인 것만 빼면 완벽한 꽃미남이니까."

"여자친구도 외모는 로리잖아요."

"선배지만 아담하고 귀엽지."

처음에는 스토커였기에 코하루를 경계했지만 그녀의 타

고난 성격을 알게 된 지금은 오히려 존경하고 있는 케이키였다.

"그런데 키류는 무슨 고민이라도 있나요?"

"뭐?"

"한숨을 쉬고 있길래 신경 쓰여서요."

"아아……."

아무래도 그래서 말을 건 것 같았다.

"나라도 괜찮으면 이야기 들어줄게요."

"그래……."

케이키 혼자서는 힘에 겨운 상태였으니까.

제3자의 의견을 들을 수 있는 건 감사한 일이었다.

(하지만 역시 상대의 실명을 밝히는 건 좀…….)

메구미를 신뢰하지 않는 건 아니지만 누구한테 고백을 받았다는 그런 이야기를 가볍게 내뱉는 건 꺼려졌다.

(여기선 만화에 자주 나오는 그 방법을 써볼까.)

이럴 때 효력을 발휘하는 획기적인 방법이 있었다.

그렇게 케이키는 이야기를 시작했다.

"이건 내 친구 이야긴데."

"그런 도입 방법을 쓰면 만화에선 대부분 본인의 연애 상담이던데요."

"하하하, 설마. 정말 친구 이야기야."

"오케이, 알겠어요. 연애 이야기는 정말 좋아하니까 이야기해주세요.”

메구미의 재촉에 차례대로 설명했다.

“실은 그 친구—임시로 K라고 하면—K는 작년 크리스마스이브에 여자 후배한테 고백을 받았어.”

“흐음, 크리스마스이브에 고백을 받다니, 제법이네요.”

“그래서 K는 지금 그 아이의 고백에 어떻게 답할지 대답을 고민하고 있는데.”

“흐음, 흐음.”

“그런데 전날, K는 같은 동아리의 사이좋은 여자 선배가 자신을 좋아한다고 말하는 장면을 마침 그 자리에서 듣고 말았어.”

“오오, 그건 갑작스러운 급전개군요.”

연애 만화 같은 전개에 동급생이 눈을 반짝거렸다.

“과연, 과연. 후배한테 고백받고 이번에는 여자 선배도 호감을 넌지시 비쳤다고요.”

“그렇게 된 거지.”

“즉, 삼각관계라는 거네요.”

삼각은 삼각이지만 얼마 전까지는 변태 트라이앵글이었다.

케이키를 노예로 만들고 싶어 하는 여자 후배와 케이키의 노예가 되고 싶다는 여자 선배.

그런 비정상적인 관계가 그녀들의 연애감정이 발각되면서 전혀 다른 것으로 바뀌려고 하고 있었다.

"그래서 K는 어떻게 하면 좋을지 고민하고 있어."

"그야 고민되겠죠."

"애초에 선배 쪽은 정말 K에게 연애감정이 있는지 의문이고."

"뭐, 좋아한다고 해도 다양한 형태가 있으니까요."

토키하라 사유키가 원하는 건 그녀를 펫으로 사랑해줄 도S의 주인님이었다.

그런 펫 지망자가 말하는 『좋아한다』가 일반적인 연애감정을 나타내는 『좋아한다』랑 같은 것이라고만은 할 수 없었다.

그에 관해서는 본인에게 확인하지 않으면 알 수 없는 부분이었다.

사정을 전부 설명했을 때 '흐음……' 하고 메구미가 고개를 끄덕였다.

"이야기는 대충 알겠으니까 지금부턴 내 견해를 밝히고 싶은데요."

"부탁할게."

"그럼 우선 그 여자 후배부터."

"두근두근……."

"그 아이를 좋아한다면 사귀면 되고 그렇지 않다면 거절하면 돼요."

"정론이잖아!"

너무 직설적이라 깜짝 놀랐다.

찍소리도 할 수 없을 정도로 정확한 조언이었다.

"아니, 왜 K는 대답을 망설이는 거죠? 고백한 아이를 별로 좋아하지 않아서?"

"아니, 호감이 없기는커녕 그냥 귀엽고 뭣하면 엄청 귀엽고 가끔 천사가 아닐까 생각할 정도로 귀여운 아인데."

"뭐예요? 그 귀여움의 화신 같은 여자는……."

"어쨌든 그런 이유로 대답을 망설이는 건 아니야."

"그럼……K는 그 아이를 좋아하지 않나요?"

"그건……."

처음에 유이카를 봤을 때는 퉁명스러운 후배라고 생각했다.

조금도 웃지 않고, 말을 걸어도 기본적으로 무시하고 사교성은 일체 없는 아이였다.

하지만 항상 도서실에 혼자 있는 그녀가 신경 쓰여서 볼 때마다 대화를 시도했고 조금씩 정말 조금씩 친해졌고…….

처음 웃어줬을 때는 정말 기뻤다.

(뭐, 그런 아이가 팬티를 입에 물릴 줄은 생각지도 못했지만…….)

실은 터무니없는 변태 소녀였다는 게 판명되고 평생 지울 수 없을 트라우마를 심어주기도 했지만.

그래도 그녀를 귀엽다고 생각하게 된다.

아무리 소악마적인 장난을 쳐도 미워할 수 없고 용서하게 된다.

게다가 최근 유이카는 '평범한 여자가 되겠다'라는 선언대로 뚜렷하게 변태 발언을 하지 않게 되었다.

아니, 호의를 숨기지 않게 된 그녀는 굉장히 귀여웠다.

미소를 보여주면 기뻤고 손을 잡으면 두근거렸다.

그야말로 정말 무심코 사랑에 빠질 것 같을 정도로.

"……그 아이는 좋아하는 것 같아. 하지만 그 마음이 연애감정인지 어떤지 모르겠어."

"정말이지 경험치가 제로일 것 같은 남자의 변명이네요."

"너무 신랄한 거 아니야?! 오니즈카도 최근에야 남자친구가 생겼으면서……."

"맞아요~. 사귄 뒤로 나오가 나한테 푹 빠져서는~."

"아, 지금 남자친구 자랑은 됐거든."

"그랬죠. 지금은 K 이야기를 하고 있으니까요."

탈선할 뻔한 메구미가 크흠 헛기침을 했다.

"진지하게 상대가 싫지 않다면 일단 사귀어 보면서 상대를 확인하는 것도 방법 아닐까요?"

"그렇게 요령 좋은 짓이 가능하다면 고민도 안 하지."

"뭐, 키류라면 그렇겠죠."

"아니, 내가 아니라 내 친구 이야기라고."

"아, 그 설정이 아직 이어지고 있었군요……. 이미 빤히 다 보이는데……."

메구미가 성가신 사람을 보는 듯한 표정을 지었다.

"시험 삼아 사귀는 어중간한 짓은 하기 싫어. 자세히 말할 순 없지만 그 아이는 정말 진심으로 고백해줬으니까……그래서 나도 진심으로 고민하고 대답을 내야 한다고 생각해."

유이카는 평범한 여자가 되겠다는 말까지 해줬다.

그렇기에 대충 대답하는 짓만은 절대로 하고 싶지 않았다.

"흐—음? 여러 가지로 복잡하네요."

"맞아, 복잡해."

쉽게 결정할 수 있다면 처음부터 고민도 안 했겠지.

"하지만 다행이에요."

"응? 뭐가?"

"그렇게까지 진심으로 좋아해주는 아이가 있다는 건 남자로 태어나서 더없이 행복한 일이잖아요. 키류의 장점을 알아주는 사람이 생겨서 기뻐요."

"오니즈카……."

"—이런, 슬슬 내 차례인 것 같네요."

확인해보니 여학생들 시합이 끝나가고 있었다.

코트로 걸어가기 위해 일어난 메구미가 '아, 맞다'라며 돌아보았다.

"마지막으로 여자 선배 말인데요, 그쪽은 우선 발언의 진의부터 확인해야 하는 거 아닐까요? 이야기를 들어보면 키류의 착각일 가능성도 있으니까."

"그래……아, 아니, 내가 아니라 친구 이야기라니까."

"그 친구 설정, 이제 필요 없어요."

끝까지 친구 설정으로 버티려는 남자에게 메구미가 오늘 몇 번째인지 모를 어이없는 표정을 지었다.

"……이래서야 후지모토도 멍하니 있으면 안 되겠네요."

자리를 떠날 때, 오니즈카 부회장이 중얼거린 혼잣말은 누구의 귀에도 닿지 않았다.

◇

그날 방과 후, 케이키는 부실 건물로 향하기 위해 학교 복도를 걷고 있었다.

"오니즈카의 조언은 옳지만 사유키 선배에게 확인해보라고 해도……."

그게 가능하면 고생도 안 하지.

왜냐하면 그 화제를 꺼내는 것=자는 척하고 엿들었다는 사실을 털어놓는 거나 다름없기 때문이었다.

"그런 말을 한 건 내가 자고 있다고 생각했기 때문이니까……."

그런데 '실은 일어나 있었어요~'라고 말할 순 없었다.

그렇다고 '사유키 선배는 날 좋아하나요?'라고 직접적으로 물어볼 수도 없고.

(만약 아니라면 흑역사의 자기 기록을 경신하게 되겠지.)

의기양양하게 물어본 결과 '뭐? 아닌데?'라고 바로 답하게 되면 더는 살아갈 수 없을 것이다.

남자가 여자의 호의를 확인하는 건 이상하게 허들이 높았다.

"으—음, 어쩌지……?"

대답은 내리지 못한 채 부실에 도착.

잠기지 않은 문을 열고 안으로 들어갔다.

"……응?"

입실하자마자 부실의 이변을 눈치챘다.

"뭐, 뭐야, 이거……."

벽에 설치되어 있는 로커 문이 열려 있고 그 안에 들어있던 비품이나 부장의 개인 물품이 산사태가 난 것처럼 흘러나와 있었다.

그리고 그 안에 파묻히듯 파란색 치마에 감싸인 여자아이의 엉덩이가 마중 나와 있었다.

"엉덩이?!"

있을 수 없는 광경에 자신도 모르게 두 번 확인했다.

하지만 현실은 바뀌지 않았다.

눈앞에 있는 건 틀림없이 여자의 엉덩이였다.

치마에 가려져 간신히 속옷은 보이지 않았지만 내민 엉덩이는 그것만으로도 에로틱했고, 양말 사이로 보이는 맨다리와 더불어 꽤나 외설스러운 그림을 연출하고 있었다.

여자의 상반신은 무너진 물건들 속에 있어 보이지 않았지만 파란색 치마로 엉덩이의 주인을 추측할 수 있었다.

"혹시……사유키 선배예요?"

"그 목소리는 케이키?!"

"아, 역시 사유키 선배네요."

파묻혀있었기 때문에 분명치 않았지만 그 목소리는 확실히 토키하라 사유키의 것이었다.

"아앗, 안 돼! 안 돼, 케이키! 움직이지 못하는 걸 핑계로 내 몸에 야한 짓은 하지 마!!"

"아니, 안 해요……."

"뭐어?! 안 해?! 치마를 젖히고 팬티를 응시하거나 감촉을 확인하려고 손으로 주무르지 않아?! ―아니, 방치 플레이는 방치 플레이대로 좋아하지만 모처럼이니까 좀 더 과격한 플레이를 시도해봐야 하는 거 아닐까?!"

"선배의 정서는 대체 어떻게 되어 있는 거예요!?"

너무 바보 같은 상황과 발언에 고민하던 게 어처구니없게 되었다.

"그래서 사유키 선배는 뭐 하는 거예요?"

"로커 안을 정리하려는데 산사태가 일어났어."

"그래서 묻혀 있었어요? 새로운 플레이에 도전하고 있는 줄 알았어요."

"저기, 케이키? 진심으로 몸을 못 움직이겠으니까 가능하면 빨리 도와줬으면 좋겠는데."

"네, 네."

역시 이대로 방치하는 건 가엾었다.

파묻힌 몸통 부분을 밟지 않도록 옆으로 돌아 들어가 청소용구나 서예 도구, 알 수 없는 물품들을 서둘러 치웠다.

불과 몇 초 후, 작업은 끝났고 흑발 미녀의 구출에 성공했다.

"후우, 발굴되는 미라의 기분을 맛봤어."

"다음부터 조심하세요."

"고마워. 덕분에 살았어."

자리에서 일어나 남자 후배에게 가볍게 미소를 짓는 상급생.

"윽……."

그건 완벽한 기습공격이었고 첫 참배를 갔던 날의 사건이 떠올라 의식하고 말았다.

"……."

행동이 이상한 건 여전했지만 다시 보니 정말 아름다운 사람이었다.

스타일도 좋고 자세도 꼿꼿하고.

쭉 뻗은 긴 머리도 눈처럼 새하얀 피부도 정돈된 얼굴도 과하거나 부족한 곳 없이 완성된 미인이었다.

(이 사람이 정말 날……?)

평범한 후배를 좋아하는 걸까?

"케이키?"

"네, 제가 케이키예요!"

"뭐……?"

너무 초조해져서 게임 NPC 같은 인사를 해버렸다.

"왜 그래? 왠지 거동이 수상한데."

"그, 그래요? 평소랑 똑같은데용?"

"용?"

"……."

씹었다.

정말 두루두루 엉망진창인 느낌이었다.

"용이라니? 무슨 의미야? 요즘 유행하는 인사야?"

"아뇨, 그냥 혀를 씹은 것뿐이에요……."

"그래? 오늘 케이키 좀 이상해."

"잡동사니에 파묻혀 있던 사람에게 그런 말 듣고 싶지 않거든요."

정말 바라던 바가 아니었지만 간신히 얼버무린 것 같았다.

그저 케이키의 마음을 뒤덮은 답답함이 해결되지 않은 그대로였다.

(나는 이렇게 두근거리는데 선배는 평소랑 다름없네…….)

그게 왠지 분했다.

사유키는 케이키가 들었다는 사실을 모르기에 동요하지도 않는데 멋대로 화내는 게 어린애 같아서 괜히 더 기분이 좋지 않았다.
“어머, 얼굴이 빨개.”
“네……?”
“열이라도 있는 거 아니야?”
“앗?!”
그건 오늘의 두 번째 기습공격이었다.
눈앞에 선 사유키가 이마에 손을 얹은 것이다.
“사, 사유키 선배……?!”
“으—음, 열은 없는 것 같은데…….”
“……윽?!”
알고 있다.
그녀의 행동에 특별한 의미는 없었다.
그저 단순히 후배를 걱정하고 있다는 것 정도는 이해할 수 있었다.
하지만 머리로 알고 있다 해도 감정은 별개였다.
이마에 닿은 손의 감촉이 첫 참배를 하던 날 머리를 쓰다듬어준 그녀의 것과 겹쳐졌고 그때 ‘좋아해’라는 말이 머릿속에서 몇 번이나 재생되어 더더욱 얼굴이 뜨거워졌다.
이건 정말 진의를 확인할 때가 아니었다.
“죄송합니다! 저, 급한 일이 떠올라서 그만 가볼게요!”

"뭐? ……앗, 케이키?!"

여러 가지로 더는 이 자리에 있을 수 없게 된 케이키는 그 자리에서 도망쳤다.

가방을 움켜쥐고 사유키의 곁을 빠져나가 활짝 열린 부실을 빠져나왔다.

그리고—

"무슨 일이지? 저렇게 당황해서는……."

혼자 남겨진 상급생이 멍하니 고개를 갸웃거렸다.

그다음 날부터 케이키의 도망자 생활이 시작됐다.

"어머, 케이키, 좋은 아침—."

"죄송해요, 다 못 한 과제가 있어서 가볼게요!"

"뭐!? 케이키?!"

아침, 학생 현관에서 마주치면 멋지게 전력 대시를 보여주고.

"아, 케이키. 케이키도 오늘은 식당—."

"죄송해요! 그러고 보니 선생님께서 부르셔서—!"

"뭐어?! 아직 카레 다 안 먹었는데?!"

식당에서 우연히 마주치면 부르지도 않은 선생님한테 달려가고.

"앗, 케이키! 오늘 서예부 활동은—."

"죄송해요! 재방송하는 어린이용 애니메이션을 봐야 해서요!"

"점점 변명이 조잡해지는데?!"

3일째 방과 후가 되면서 도망자 생활의 피로 때문인지 변명을 대충 늘어놓게 되었다.

사람은 한번 무언가에게서 도망치면 다시 맞서는데 처음보다 몇 배의 용기가 필요해진다.

케이키는 사유키에게서 도망치기 직전, 얼굴을 보는 게 부끄러워지고 그녀의 모습을 발견한 순간 도망치는 패배의 소용돌이에 빠져 있었다.

당연히 문자도 전부 읽고 무시한 건 당연.

『왜 그래? 내가 무슨 실수라도 했어?』

『왜 도망쳐? 혹시 냄새나?! 내 몸에서 냄새나?!』

『대답 안 해주면 가출해버릴 거야!!』

『읽고 무시하는 건 정말 아니라고 생각해.』

이러한 메시지가 와도 전력으로 봐도 못 본 척했다.

마지막 문장은 진심으로 화가 난 것 같아서 진짜 무서웠다.

당연히 그런 짓을 하면 주변에서도 부자연스럽게 생각하게 되는데—.

"케이키 선배, 마녀 선배랑 무슨 일 있었어요?"

도망자 생활 4일째가 된 금요일.

점심시간 도서실에서 반납된 책을 책장으로 돌려놓으며 유이카가 그런 질문을 건넸다.

추궁받고 있는 상대는 당연, 지금 한창 유명한 도망자, 키류 케이키 그 사람이었고—.

"아, 아무 일도 없는데……?"

"케이키 선배는 절망적으로 거짓말을 못 하네요."

"나, 나나나의 어디가 세기의 정직자라는 거야?!"

"전부 다요. 엄청 동요하고 있잖아요."

"크윽……."

"케이키 선배, 그쪽에 있는 향토 자료 책 좀 꺼내주세요."

"여기……."

수레에 쌓인 바구니에서 목표로 한 책을 꺼내 유이카에게 전했다.

그걸 책장에 꽂으면서 그녀는 다시 의혹의 시선을 케이키에게 보냈다.

"이번에는 뭔가 마음에 걸려요."

"마음에 걸린다니?"

"케이키 선배가 마녀 선배랑 싸울 때는 대부분 마녀 선배가 묘한 짓을 저질렀을 때잖아요."

"으, 으응……. 그럴지도……."

"하지만 그렇다면 숨길 필요 없잖아요. 유이카는 마녀 선배의 취미도 알고 있으니까. 그런데 케이키 선배는 얼버무리려고만 하고……그건 유이카에게는 말할 수 없는 꺼림칙한 일이 있다는 뜻 아닌가요?"

"……."

예리해.

명탐정이 이럴까 싶을 정도로 훌륭한 추리였다.

딱히 꺼림칙한 짓을 한 건 아니지만…….

(말할 순 없지…….)

케이키는 유이카의 고백에 대한 대답을 보류하고 있었다.

그런데 사유키가 자신을 좋아할지도 모른다던가, 그것 때문에 피해 다닌다고 유이카에게 말할 순 없었다.

"아니, 실은 얼마 전 부실에 갔을 때 사유키 선배가 잡동사니의 산에 파묻혀서 움직일 수 없었거든."

"아아, 로커를 정리한 날 말이죠?"

"알고 있었어?"

"그야 그 정리를 유이카가 도왔으니까요."

"과연."

그렇다면 안성맞춤이었다.

"그래서 파묻힌 사유키 선배를 내가 도와줬는데 그때 우연히 선배의 팬티를 봤어."

"네……?"

"그게 정말 터무니없이 야한 거라서. 그 이후 왠지 어색해져서."

“흐—음? ……뭐, 마녀 선배는 꽤 굉장한 속옷을 입고 다니니까요.”

“납득하는 게 왠지 기분 나쁜데.”

사유키에게 나쁜 짓을 하고 말았다.

“그럼 이 이야기는 이걸로 끝이네요. 아직 일이 남았으니까 빨리 정리하죠.”

“옛썰.”

어떻게든 추궁을 피하고 도서위원 업무를 재개했다.

2년 가까이 하고 있으니 작업에도 익숙해져 책을 보기만 해도 대충 책장 어디 있던 책인지 알 게 되었다.

척척 작업을 진행하며 남은 반납 서적이 몇 권 정도 남았을 때.

“이런…….”

바구니 밑에서 책을 꺼내려고 몸을 굽힌 순간, 가슴 주머니에 끼워둔 볼펜이 톡 떨어지고 말았다.

그것도—

“으으응……?”

펜은 무정하게도 데굴데굴 안쪽으로 굴러가고 말았다.

“아니 정말, 넌 대체 어디 가는 거야?”

볼펜을 쫓아 허리를 굽힌 상태로 앞으로 나아갔다.

“……좋아, 겨우 잡았다.”

드디어 애용하던 펜을 주워 고개를 든 그때였다.

"으흡?!"

"꺄아아아아악?!"

안면 전체가 '출렁'하는 뭔가 부드러운 것에 부딪혔고 동시에 유이카의 것으로 추정되는 비명이 울려 퍼졌다.

"뭐, 뭐지?"

부딪친 무언가에서 얼굴을 떼자 눈앞에는 녹색을 바탕으로 한 체크 무늬 천이 있었고.

"케, 케이키……선배?"

"응?"

시선을 위로 올렸을 때 얼굴을 새빨갛게 물들인 유이카와 눈이 마주쳤다.

부들부들 몸을 떨면서 그녀가 뒤쪽으로 녹색 천—교복 치마를 덮은 순간, 케이키는 자신이 범한 실수를 깨달았다.

무려 케이키 소년은 유이카의 엉덩이에 얼굴을 박은 것이었다.

"이건 아니야, 유이카!!"

"흐음……."

엉덩이를 붙잡으면서 원망스러운 듯 이쪽을 바라보는 유이카.

그 얼굴을 본 순간, 전신에서 핏기가 가시는 게 느껴졌다.

(이건 진짜 곤란해……!)

악의가 없었다고 해도 여자의 엉덩이에 얼굴을 박은 것

이다.

어떻게 변명하든 피해자 입장에선 완벽한 성희롱.

피해 여성이 도S인 소녀라면 이 상황에서 벌을 피할 순 없었다.

멋진 미소로 '아핫♪ 노예 후보 주제에 주인님에게 손을 대려고 하다니, 100년은 일러요'라고 비난하며 구속하고 밟고 괴롭히고 말 거야—.

"케이키 선배……."

"네."

"앉아요."

"네."

정좌했다.

난방이 잘 된다고 해도 도서실 바닥은 굉장히 차가웠다.

"일단 변명을 들어줄게요."

"볼펜이 굴러가서 그걸 쫓아가다가 유이카의 엉덩이로 돌진하고 말았습니다. 죄송합니다."

"그래요? 그런 거짓말을 하면서까지 유이카의 엉덩이를 만지고 싶었어요?"

"왜 그렇게 되는데?!"

"그럼 케이키 선배는 여자의 엉덩이에 이상한 집착을 가진 변태가 아니라는 건가요?"

"결코 아니야. 이 세상에 나타나선 안 될 그런 레벨의 변태라고 생각되는 건 바라던 바가 아니야."

물론 여자의 엉덩이가 싫은 건 아니지만 일이 복잡해지기 때문에 입을 다물었다.

"……그럼 유이카의 엉덩이에는 흥미가 없나요?"

"네?"

"그냥 케이키 선배라면 엉덩이 정도는 만지게 해줄 수 있는데……."

"뭐?"

"아, 역시 아니에요! 방금 그건 아니에요! 유이카는 그런 야한 아이가 아니니까!"

안절부절 손을 흔들며 변명하는 유이카 씨.

"으, 으응……."

케이키도 분위기를 파악하고 깊게 추궁하지 않았다.

"……하아, 이제 됐어요. 다음부터는 조심해주세요."

"뭐야, 그것뿐이야?"

"뭐가요?"

"별로 밟거나 차거나 지독한 말 안 해?"

"그런 짓 안 해요. 지금 유이카는 평범한 여자니까요. 도S인 유이카는 봉인했거든요."

"……."

확실히 그런 이야기였다.

케이키의 호감을 얻기 위해 평범한 여자가 되겠다고 유이카는 말해줬었다.

그걸 들었을 때 그녀의 마음이 굉장히 기뻤는데…….

그런데—어째서?

(또……또 가슴이 답답해졌어…….)

유이카가 진짜 자신을 부정하려고 할 때마다 가슴이 삐걱거리는 소리가 크게 났다.

정말 뭘까, 이 정체불명의 감정은.

"—아, 마녀 선배한테 문자 왔어요."

"사유키 선배한테?"

벌을 피한 케이키가 일어나자 유이카가 스마트폰을 보여주며 알려주었다.

"마녀 선배, 오늘 방과 후에는 볼일이 있어서 집에 빨리 간대요. 서예부는 쉰다는데요."

"그래……?"

"요즘 케이키가 상대해주지 않으니까 이 기회에 홧술이나 마실 거야! 술은 못 마시니까 타피오카 밀크티로! —라는데요."

"홧술이라니……그 사람, 일단 수험생이잖아?"

정말 뭐가 뭔지 모르겠다.

코타츠를 목표로 집에 온 줄 알았는데 갑자기 '좋아한다'는 말을 꺼내고, 갑자기 로커를 정리한다면서 잡동사니에 파묻혀서 엉덩이를 몽땅 노출하고…….

(……응?)

거기까지 생각하고 무언가가 마음에 걸렸다.

(그러고 보니 왜 사유키 선배는 로커 청소를 한 거지?)

부실 청소라면 겨울방학 전에 같이 끝냈다.

애초에 사유키는 스스로 적극적으로 정리 정돈하는 타입이 아닌데.

머릿속에 떠오른 그 의문은 결국 결론에 이르지 못한 채 점심시간 종료를 알리는 벨소리와 함께 사라지고 말았다.

그리고 그날, 며칠에 걸쳐 이어진 도망극은 종지부를 찍게 되었다.

"드디어 왔네. 기다리다 지쳤어."

"응? 사유키 선배!?"

방과 후 청소를 끝낸 후 얼른 집에 가려고 들뜬 기분으로 케이키가 승강구로 향했을 때 신발장 앞에 토키하라 사유키가 서 있었다.

"왜 선배가 여기? 오늘은 볼일이 있다고……."

"흐흥, 코가에게 보낸 건 가짜 정보야. 내가 직접 케이키에게 말해도 안 믿을 테니까 그 아이를 이용했지."

"맙소사……."

역시 머리가 잘 돌아갔다.

사유키는 도M이긴 하지만 공부를 잘하는 타입의 도M이

었다.

도서위원 담당으로 함께 일하는 것도 알고서 유이카에게 정보를 흘렸겠지.

"에둘러 말하는 건 싫어하니까 얼른 본론으로 들어가자."

긴 머리를 흔들며 그녀가 눈앞으로 다가왔다.

"왜 날 피해? 무슨 이유라도 있어?"

"무, 무슨 말이에요?"

"시치미 떼도 소용없어. 날 너무 좋아해서 틈만 나면 끈덕지게 달라붙던 케이키가 갑자기 피하게 됐잖아? 의문을 갖는 게 당연하지."

"그 기억, 일부는 날조된 것 같은데요?"

그녀에게 그렇게까지 끈덕지게 달라붙었던 기억은 없었다.

굳이 말하자면 끈덕지게 달라붙었던 건 사유키 쪽이었다.

"너무 전력으로 피하니까 내 체취가 지독한 줄 알고 불안했잖아."

"오히려 좋은 냄새가 나니까 안심하세요."

"그럼 왜 날 피했어?"

"그건……."

"그건?"

"그러니까……."

"그러니까?"

"으으윽……."

말할 수 있을 리가 없었다.

그녀를 의식한 나머지 피했다고, 그런 사춘기 초등학생 같은 이유가 알려지는 건 너무 창피했다.

그렇다면 이제 남겨진 길은 하나뿐.

"자, 그럼 안녕!"

뒤로 돌아 즉각 전력 대시.

궁지에 몰린 남자 후배는 글래머의 추적자에게서 다시 한 번 도주를 계획했다.

"앗, 잠깐, 왜 도망쳐?!"

"이제 저도 모르겠어요!"

모르는 것투성이였다.

왜 자신이 도망치고 있는지.

왜 사유키가 그런 말을 했는지.

자신의 마음도 그녀의 마음도 몰라서 무서우니까, 직시하는 게 무서우니까 그래서 이렇게 도망치고 있는 걸지도 모른다.

그렇게 전력을 다해 복도를 달리는 후배를 흑발의 상급생이 쫓아갔다.

"야! 거기 서!"

"거절할게요!"

"오늘은 안 놓쳐!"

"잡을 수 있으면 잡아보세요!"

문화계열 동아리에 소속된 케이키였지만 체력은 남들만큼 있었다.

그에 비해 사유키는 초라는 단어가 붙을 정도의 몸치.

전력 차이는 일목요연해서 그녀의 발로는 아무리 발버둥쳐도 이쪽을 쫓아올 수 없을 것이다.

실제로 두 사람의 거리는 벌어지기만 했고 좁혀질 기색이 보이지 않았다.

몸치에다 글래머라는 핸디캡을 안고 뛰는 사유키는 이미 다 죽어가는 듯 숨을 헐떡이고 있었다.

"하아 하아……기다려……잠깐만—끄어억?!"

"응?"

갑자기 뒤에서 차에 치인 돼지 같은 비명이 들려서 케이키가 발을 멈췄다.

뒤를 확인해보니 복도에서 넘어진 것으로 보이는 사유키가 엎드린 채 쓰러져 있었다.

"아으윽……."

"잠깐, 사유키 선배?!"

도주 중인 것도 잊고 사고 현장으로 달려와, 뱉어버린 껌처럼 바닥에 찰싹 달라붙은 사유키에게 말을 걸었다.

"선배?! 괜찮아요?!"

"안 괜찮아……."

"그렇겠죠!"

어쨌든 돼지 같은 비명을 질렀을 정도니까. 넘어질 때 충격이 상당했겠지.

"다친 곳은 없어요?"

"코가 아파……."

"아아, 좀 빨개졌네요."

"일단 좀 일으켜줄래?"

"알겠어요."

내밀어진 손을 잡고 그 몸을 힘껏 끌어올렸다.

"혼자 서 있을 수 있겠어요?"

"으응, 문제없는 것 같아."

그냥 보기에는 코를 부딪친 것 의외에 외상은 없는 것 같았다.

무사를 확인한 후 겨우 안심하고 가슴을 쓸어내렸다.

"일으켜줘서 고마워. 그리고 웰컴이야, 케이키."

"네?"

"잡았다!"

"헉! 이런?!"

방심했던 멍청이를 향해 사유키가 기세 좋게 양손을 내밀었다.

쿵, 하는 둔탁한 소리를 내며 그녀의 손이 등 뒤의 벽에 붙었고 보기 좋게 케이키가 도망칠 길은 막히고 말았다.

어딘가에서 본 것 같은 이 기술은—.

"벽치기……라고?!"

남자가 여자에게 하는『벽치기』와 달리, 여자가 남자를 벽치기로 밀어붙이는 걸『역 벽치기』라고 하는 듯했다.

아마 사유키는 넘어진 직후부터 생각하고 있었겠지.

이대로 방심시켜서 케이키를 붙잡자고.

실수를 역으로 이용해 사냥감이 빈틈을 보이는 순간을 호시탐탐 노리고 있었던 것이다.

"흐흥, 이거야말로 소 뒷걸음치다 쥐 잡은 격이네♪"

"그보다 너무 가까워서 선배의 가슴이 닿는데요……."

"그런 건 아무래도 상관없거든!"

"아니, 하지만 정말 심상치 않을 정도로 닿았는데요?"

"기쁘지?"

"솔직히 못 참겠어요."

"어쨌든 이걸로 더는 도망 못 가."

"……그런 것 같네요."

앞뒤를 가슴과 벽, 좌우를 팔로 둘러싸여 어쩔 도리가 없었다.

"그래서? 왜 또 도망쳤어?"

"그건……."

"혹시 그것 때문이야? 최초의 행동은 애태우는 플레이의 일환이었어? 미안하지만 지금은 애태운다고 기뻐할 기분이 아니야."

“그런 플레이를 감행할 생각은 없었어요.”
“그럼 도망치는 짓은 이제 그만해……!!”
“사, 사유키 선배……?”
들어본 적 없는 큰 소리에 놀랐다.
이 사람이 이렇게 감정적으로 변한 모습을 본 적은 처음일지도 모른다.
서로의 몸이 닿을 만한 거의 제로에 가까운 거리에서 마주한 그녀는 화난 얼굴을 슬픈 표정으로 바꾸며 시선을 떨궜다.
“케이키가 날 피하면……쓸쓸해…….”
“네……?”
“난 이제 곧 졸업이고……이제 이런 식으로 함께 있을 수 없게 되는데…….”
“아…….”
그녀의 말에 깜짝 놀랐다.
그런 분위기를 느끼고 있으면서도 외면했던 미래.
토키하라 사유키는 3학년이고 이제 곧 이 학교를 졸업하게 된다.
(그래, 그래서 사유키 선배가 로커를 정리했던 거야…….)
이 틈에 자신의 개인 물건을 정리하려고 했겠지.
2월이 되면 시험을 끝낸 3학년생은 자유 등교를 하게 되고 그렇게 되면 동아리도 당연히 은퇴하게 될 테니까.

사유키가 마지막까지 서예부에서의 시간을 소중히 하려고 했는데 케이키는 부실에서도 그녀에게서도 거리를 두려고 했다.

그게 얼마나 사유키를 상처 입혔는지 그녀의 눈에 맺힌 눈물을 보면 싫어도 알 수 있었다.

(난 최악이야…….)

자기 생각만 하느라 상대의 마음을 생각하지 않았다.

이게 최악이 아니면 뭘까.

"내가 케이키를 화나게 할 만한 짓을 했어?"

"아니에요. 선배는 잘못 없어요."

"그럼 왜 날 피했어?"

"정말 선배 때문이 아니에요. 그냥 제가 멋대로 어색해진 것뿐이니까……."

"응? 어색해져?"

이제 더는 숨길 수 없겠지.

무엇보다 이제 속이고 싶지 않았다.

이렇게 최악에다 한심한 후배를 코를 부딪치면서까지 쫓아와준 사람을 이 이상 배신하기 싫었다.

"다 같이 첫 참배를 했던 날, 사유키 선배가 우리 집에 왔었잖아요."

"으응, 확실히 찾아갔었지."

"그런데 내가 선배의 가슴 때문에 정신을 잃었고."

"그 일에 대해서는 정말 미안하게 생각해."

"그 이후 잠든 절 선배가 무릎베개 해주셨고."

"바닥은 머리가 아플 것 같아서."

"그때 실은 도중에 깼어요."

"……뭐?"

갑작스러운 진술에 벽치기를 한 채 사유키가 입을 떡 벌렸다.

"비교적 금방 정신을 차렸는데 선배의 무릎베개가 아까워서 잠시 자는 척을 했어요."

"뭐? 잠깐? 잠깐만? 정보가 좀 많아서 다 받아들이기가 힘들어. ……응? 뭐야? 그럼 케이키는 그때 계속 일어나 있었다는 뜻?"

"네에, 실컷 자는 척했어요."

"그건 혹시—."

잠들었다고 생각했던 후배가 일어나 있었다.

그 사실이 뭘 의미하는지를 깨닫고 그녀의 얼굴이 순식간에 빨개졌다.

"그때, 내가 한 혼잣말……전부 들었어?"

"단적으로 말하면."

"뭐라고?!"

수치심을 참을 수 없었던 사유키가 양손으로 얼굴을 감싸고 말았다.

"구멍이 있으면 그 안으로 뛰어 들어가고 싶어……."

"그렇겠죠."

자신이 같은 입장이었으면 같은 생각을 했겠지.

"엿들어서 죄송해요. 하지만 안심하세요. 이상한 착각은 안 하니까."

"착각?"

"선배라면 주종관계적인 의미로 좋아한다고 한 거겠죠. 주인으로 사랑한다는 뜻으로. 하마터면 선배가 절 좋아하는 건 아닐지 착각할 뻔했어요."

"……착각이 아니야."

"네……?"

무심코 시선을 옮기자 그녀는 토라진 것처럼 한 번 더 반복했다.

"착각 같은 게……아니야."

"그건……."

상급생이 창피하다는 듯 투덜댄 결정적인 말.

동시에 글썽이는 눈동자를 보여주자 자연스럽게 심장이 빨리 뛰기 시작했다.

"……."

"……."

서로 얼굴을 빨갛게 물들이며 새콤달콤한 분위기에 아무 말도 못 하는 두 사람.

그리고 그런 두 사람을 멀리서 포위하고 지켜보는 다수의 학생들.

"—저것 좀 봐, 서예부 녀석들이 싸우고 있어."

"—응? 응? 사랑싸움인가? 보는 우리까지 두근거리는데~."

"—조용히 해. 그러다 들키겠어."

정신을 차려보니 방금까지 인기척이 느껴지지 않았던 주변에 무수한 인영이 서 있었다.

소란스러운 소리에 모인 듯, 복도 구석이나 교실 문으로 얼굴을 내밀고 몇 명의 남녀가 '뭐야? 뭐야?'라고 술렁거렸다.

옆에서 보면 지금 케이키와 사유키는 완전히 사랑싸움 중인 커플.

지루함을 주체하지 못한 일반 학생들에게는 안성맞춤인 소재였다.

너무나 불편함을 참지 못하고 사유키가 흘끗 눈짓을 하면서 말했다.

"……장소를 바꿀까?"

"……그래요."

차분하게 이야기할 수 있는 장소로 선택한 곳은 서예부 부실이었다.

다른 부원들에게는 쉰다는 연락을 했기 때문에 당연히 아무도 없었다.

난로 스위치를 켜고 난방이 잘된 부실에서 창을 배경으로 선 채 팔짱을 낀 사유키가 불쾌하다는 듯 '흥' 하고 콧소리를 냈다.

"……잘못이야?"

"네?"

"내가 케이키를 좋아하는 게 잘못이야?!"

"갑자기 적반하장?!"

"그래, 맞아! 난 케이키를 정말 좋아해! 평소에도 끌어안았으면 좋겠고 심야에 케이키의 사진을 바라보면서 히죽거리고, 단적으로 말해서 푹 빠졌고 홀딱 반했어! 도M 주제에 좋아해서 미안하게 됐네요……!!"

"사, 사유키 선배……?"

"……미안. 조금 당황해서."

"그게 조금이에요……?"

"소녀의 쑥스러움이라고 생각하고 잊어줘."

그런 그녀의 얼굴은 아직 어렴풋이 빨갰다.

쑥스럽다는 건 사실이겠지.

"그건 그렇고 설마 케이키가 자는 척하고 있었을 줄은 몰랐어."

"그에 대해서는 정말 미안하다고밖에."

"이제 됐어. ……진지하게 말하면 난 케이키가 코가랑 데이트한 날부터 계속 불안했어."

"불안해요?"

"으응, 만약 분위기에 휩쓸린 코가가 케이키에게 고백해서 두 사람이 사귀게 될지도 모른다고 생각하니까 제정신이 아니었어. ……뭐, 실제로는 나의 지나친 생각이었던 것 같지만."

"아, 아하하……."

실은 정확하게 고백받았지만 첫 참배 때 실컷 얼버무렸고 그 비밀은 무덤까지 갖고 가기로 했다.

"그때 생각했어. 케이키를 그 아이에게 뺏기기 싫다고. 케이키 옆에 있는 건 내가 아니면 싫다고."

"사유키 선배……."

"그래서 무릎베개를 했을 때, 마음이 흘러넘쳐서 나도 모르게 말하고 만 거야."

"그랬군요……."

"난 분명 케이키가 생각하는 것보다 널 더 좋아할 거야. 폐부 직전이라 곤란했을 때 말을 걸어준, 유령 부원이라고 해도 괜찮다고 했는데 매일 이 부실에 찾아와준……그 무렵부터 난 계속 케이키를 사랑하고 있었어."

"……."

그녀의 말이 그 하나하나가 부드러운 열기를 동반해 마음에 스며들었다.

좋아하고, 사랑하고 있었다니.

동경하던 이성에게 이런 말까지 듣고 냉정하게 있을 순 없었다.

"아, 케이키, 얼굴이 빨개졌어."

"누구 탓인데요!"

"후후, 케이키는 정말 보고 있으면 안 질려."

화내는 후배를 보며 이상하다는 듯 사유키가 웃었다.

그 미소에 사로잡혀서 불평이 쏙 들어가 버리다니, 역시 그녀에겐 당해낼 수 없었다.

"애초에 케이키도 케이키야. 그렇게 어필했는데 내 마음을 전혀 눈치 못 챘잖아."

"아니, 아니, 눈치 못 채는 게 당연하죠. 그야 사유키 선배가 그만큼 나에게 주인이 되어 달라느니, 펫이 되고 싶다느니, 변태 같은 말만 했잖아요. 그걸로 마음을 깨닫는 건 무리가 있다고요."

여자에게 펫이 되고 싶다는 말을 듣고 '오오, 이 녀석, 나에게 반했구나'라고 생각하는 남자가 있다면 머리가 이상한 녀석이겠지.

"케이키."

"아, 네."

"평범하게 생각해봐. 좋아하지도 않는 남자의 펫이 되고 싶은 여자가 있을 리가 없잖아?"

"평범한 여자는 애초에 펫이 되고 싶다는 생각을 안 해요."
그에 관해서는 토키하라 사유키가 특수한 것뿐.
펫이 되고 싶다는 소망을 일반적인 여자의 범주에 적용시키지 말았으면 좋겠다.
"난 케이키에게는 정말 도S의 재능이 있다고 생각해."
"갑자기 왜요?"
"그런 케이키가 날 키워주면 행복하겠지. 분명 매일 당근과 채찍을 적절하게 사용해 몸도 마음도 승천시켜버릴 거야."
"그, 그래요……?"
과격한 플레이를 상상하며 황홀해하지 않았으면 좋겠다.
"하지만 요즘은 그런 걸 뒷전으로 해도 좋을 것 같다고 생각하게 됐어."
"네?"
"펫이 되는 걸 포기한 건 아니야. 하지만 자신의 이상을 강요하다 좋아하는 사람에게 미움받으면 의미 없으니까."
"……."
"난 케이키랑 좀 더 친밀한 관계가 되고 싶어. 그걸 위해서라면 주인님과 펫의 관계에 집착하지 않을게. 곁에 있을 수 있다면 펫이 될 수 없다고 해도 상관없어."
"사유키 선배, 그건……."
그건 유이카 때랑 같은, 사실상 탈 변태 선언.
"그러니까 혹시 괜찮다면—."

추억으로 가득 찬 서예부 부실에서 그녀는 두 번째『고백』을 건넸다.

"날 네 여자친구가 되게 해줘."

그날 밤, 자기 방 침대에 걸터앉은 케이키는 방과 후 사건을 다시 떠올렸다.

"사유키 선배한테 고백받았어……."

하교하려는데 사유키가 잠복하고 기다렸고, 도주를 피하다 역 벽치기에 의해 붙잡힌 후 구경꾼들에게서 도망치려고 이동한 부실에서 그녀의 마음을 알게 되었다.

"대답은 언제 하든 괜찮다고 했지만……."

안 그래도 유이카의 고백에 대한 답을 고민하고 있는데 거기에 새로운 고백 안건이 더해지는 건 예상 밖이었다.

고백받았으니 물론 대답을 고민해야 하는데…….

"난 사유키 선배를 어떻게 생각하고 있지?"

그녀는 동경하던 선배였다.

성적이 우수하고 서예 재능이 있고 붓을 다루는 늠름한 모습에 몇 번이나 눈을 떼지 못했다.

동시에 귀여운 사람이라고 생각했다.

사소한 단락에서 보여주는 덜렁대는 모습이라든가.

놀리면 불만스러운 듯 입술을 삐죽거리는 행동이라든가.

가끔 어린애 같은 모습도 갭이 있어서 좋았다.

"뭐, 도M이라는 게 발각된 시점에 선배의 이미지는 통째로 붕괴됐지만……."

재색겸비의 상급생이 변태라고 발각된 사건.

개의 목줄을 하고 커밍아웃을 할 때는 충격적이었다.

"날 펫으로 삼아달라니, 지금 생각해봐도 굉장한 대사야."

뒹구르르 침대에 위를 향해 발랑 드러누워 천장을 올려다보면서 당시를 떠올렸다.

"생각해보면 사유키 선배가 최초의 변태였지……."

팬티를 떨어뜨린 신데렐라를 찾기 시작했을 때, 최초의 용의자로 부상한 게 토키하라 사유키였다.

그런데 뚜껑을 열어보니 단순한 도M의 변태 소녀였고—.

"펫이 되고 싶다거나 산책 플레이를 하고 싶다거나, 엄청 정신 나간 소리를 했었지……."

유원지 데이트를 노팬티로 즐기고.

케이키의 방에서 훔친 트렁크 팬티를 입어보고.

변태 발각 후의 그녀는 기분 내키는 대로 행동했다.

그래도 이전에 아야노가 소속된 학생회인지 서예부인지 두 가지 선택지를 강요받았을 때, 케이키는 서예부를 선택했다.

학생회 일은 보람이 있고 싹싹한 학생회장인 시호나 마음이 잘 맞는 동급생 아야노가 있고 여러 가지로 귀여운 후배들이 있어 굉장히 마음 편한 장소였다.

그래도 케이키는 서예부로 돌아가는 것을 결의했다.

1년 이상, 그녀와 보낸 그 장소를 떠나기 싫었으니까.

"혹시 난……사유키 선배를 좋아하는 걸까?"

토키하라 사유키에게 호감을 갖고 있는 건 사실이었다.

하지만 유이카 때랑 똑같이 그게 연애 감정인지 묻는다면 자신이 없었다.

"유이카도 사유키 선배도 변태를 관두겠다고 했고, 나머지는 이제 두 사람이 좋은지 어떤지만 남았는데……."

케이키의 청춘에 최대의 장애물이었던 변태 문제.

귀여운 여자친구를 갖기 위해 서예부 변태들을 갱생시키려고 했던 케이키였지만 설마 그 변태 소녀들에게 고백을 받을 줄은 몰랐다.

천사 케이키 "즉, 두 사람의 변태 성벽은 선고 기준에 영향을 주지 않는다는 뜻이네."

악마 케이키 "단순하게 유이카랑 사유키 선배 둘 중 누군가를 선택하느냐 하는 문제네요."

천사 케이키 "아니, 아니, 둘 다 선택하지 않는다는 선택지도 있어."

악마 케이키 "아니면 차라리 두 사람과 동시에 사귀는 건 어때요?"

천사 케이키 "그래도 양다리는 안 돼."

악마 케이키 "그래도 솔직히 말해서 귀여운 여자친구는 갖고 싶네요~."

천사 케이키 "그야 그렇지~."

천사랑 악마의 의견이 일치했다.
그야 여자친구는 당연히 갖고 싶었다. 건강한 남자인걸.
정말 괴로웠다.
밝고 귀여운 연하의 코가 유이카인가.
미인에 재미있는 누나 타입의 토키하라 사유키인가.
아니면 둘 다 선택하지 않고 자신의 정조를 계속 지킬 것인가—.
"난 어떻게 해야 해에에에에에에에에?!"
"……오빠?"
"미즈하?!"
쭈뼛쭈뼛 건넨 목소리에 뒤를 돌아보자 방의 문이 반쯤 열려 있었고 실내복 차림의 여동생이 얼굴을 들이밀고 있었다.
(설마 들었나?!)
노출광인 그녀에게 고백에 대한 일이 새어 나가는 건 곤란했다.
성실해보여도 생각보다 많이 망가진 미즈하 씨였다.
유이카와 사유키 두 사람에게 고백받았다는 걸 알면 진심으로 오빠의 정조를 노리고 있는 여동생이 어떤 행동을 저지를지 알 수 없었다.

적어도 오빠가 잠든 동안 덮치는 것 정도는 아무렇지도 않게 하겠지.

"난 몰랐어. 오빠가 그렇게 고민하고 있을 줄은."

"아, 아니야, 이건!"

"괜찮아. 다 알고 있으니까."

"뭐?"

"여동생이 목욕하는 모습을 훔쳐볼지 방금 벗은 팬티의 냄새를 킁킁 맡을지 고민하는 거지?"

"뭐야, 그 궁극의 두 가지 선택지는?!"

"개인적으로는 팬티 냄새를 킁킁 맡으면서 샤워하는 모습을 봐줬으면 좋겠어."

"완전 변태잖아!"

여동생의 속옷 냄새를 맡으면서 목욕하는 모습을 훔쳐보는 건 변태의 끝이었다.

그런 변태 오빠가 실재하지 않는다는 것을 간절히 간구했다.

"그럼 뭘 그렇게 고민해?"

"그건……."

잠깐 고민한 후 겨우 짜낸 건,

"절벽 가슴이랑 글래머 중 어느 쪽이 더 멋진지 생각하고 있었어."

그런 비교적 최악의 변명.

"그래서 결론은?"

"큰 것이 작은 것을 대신할 순 없다. 다 다르고 다 좋아."

"결론 나왔네. 그럼 욕실 비었으니까 이제 써."

"응, 그럼 샤워할게."

뭔가 중요한 걸 잊어버린 것 같았지만 잘 얼버무렸으니 결과적으로 전부 오케이.

고백의 대답에 대해서는 일단 보류하고 케이키는 씻기로 했다.

◇

"안녕, 키류."

"오오, 난죠. 안녕."

월요일 아침, 케이키가 신발장을 여는데 뒤에서 다가온 마오가 말을 걸었다.

교복 위에 코트를 겹쳐 입고 학생 가방을 어깨에 멘 그녀가 옆에 서서 로퍼와 바꿔 신으려고 신발장에서 실내화를 꺼냈다.

같이 신발을 갈아 신고 모처럼 둘이 교실로 향하게 됐다.

나란히 서서 복도를 걷고 있는데 평소의 쌀쌀맞은 말투로 마오가 말을 꺼냈다.

"……그러고 보니 말이지?"

"응?"
"지난주에 학교에서 부장이랑 사랑싸움 했다는 게 사실이야?"
"……어떻게 그걸?"
사랑싸움이라면 틀림없이 역 벽치기의 그거겠지.
그 자리에 서예부 멤버들은 없었을 텐데…….
"메구미한테 문자로 속보가 왔었거든."
"오니즈카가?"
역시 학생회 부회장. 귀가 밝았다.
어쨌든 갤러리가 있었기 때문에 소문이 퍼지는 건 시간 문제였겠지.
"듣기로는 부장한테 역 벽치기를 당해서 싱글벙글했다며?"
"그런 적 없는데……?"
"왜 살짝 자신이 없어 보여?"
"아니, 가슴이 엄청 닿았었거든."
"우와, 야해, 에로 키류."
"음란한 동인작가인 너에게는 그런 말 듣고 싶지 않아."
1년 내내 남자들의 음란한 모습을 망상하는 주제에.
수위 높은 BL 만화에 비하면 이쪽은 다소 건전했다.
어느 쪽이 보다 야한지를 서로 우기면서 두 사람은 계단으로 걸음을 옮겼다.
"키류가 요즘 부장을 피했지?"

"뭐, 조금……."
"그건 해결됐어?"
"해결됐달까, 새로운 문제가 생겼달까……."
"문제?"
"……뭐, 조금……."
미즈하처럼 마오도 케이키를 (소재로서) 노리는 변태 소녀.
고백에 대한 일이 알려지는 건 역시 피하고 싶었다.
그렇기 때문에 말을 흐렸는데—.
"……숨기는 일투성이잖아."
"난죠?"
돌아보니 계단 층계참에서 마오가 멈춰 서 있었다.
그리고 정말이지 불만스러운 눈으로 이쪽을 올려다보고 있었다.
"남자가 비밀을 가질 땐 대부분 바람을 피우고 있는 거지?"
"갑자기 무슨 소리야?!"
"난 의심하는 것뿐이야. 키류가 아키야마에게서 부장으로 갈아타려는 건 아닌지."
"애초에 쇼마랑 사귄 적은 한 번도 없어."
있을 리가 없지.
"그럼 부장이랑은 아무 사이도 아니야?"
"으, 으응. 물론이지."
"그래도 키류라면 어차피 또 부장의 공격에 다리 사이의 물건을 세웠겠지."

"무슨 소리야!?"

아침 일찍부터 믿을 수 없는 음담패설이 날아들었다.

"이 바람둥이! 케이키는 쇼우토만을 바라봐야 하는데!"

"좋아, 알았어, 너 결국엔 그거지!? 밤새 원고 작업하고 온 거지!?"

"하고 왔는데 그게 왜?!"

그래서 언동이 수상하게 느껴졌군.

이 사이드 테일의 소녀, 아침까지 원고를 그리고 있었던 것이다.

마오는 화장 스킬이 좋아서 몰랐는데 잘 보니 눈언저리에 희미하게 다크서클도 생기고 수면부족인 건 틀림없었다.

"어쨌든 보건실로 가자."

"보건실?"

"그래, 타치바나 선생님께 부탁해서 잠깐 자게 해달라고 부탁해."

"땡땡이치면 안 될 것 같은데?"

"네가 언제부터 그렇게 성실한 캐릭터로 변했는데? 그런 상태로 제대로 수업을 들을 수 있을 리가 없잖아."

"그럼 키류가 같이 있어 주면 잘게."

"아니, 그건 당연히 무리지. 무슨 소리야?"

"흐음……키류, 치사해……."

"그 얼굴은 뭐야? 엄청 귀여워서 짜증 나."

어린애처럼 입술을 삐죽거리는 동급생에게 방심하다 심쿵하고 말았다.

난죠는 약해지면 응석꾸러기로 변하는 타입일지도 모르겠다.

뒤집어 생각하면 그만큼 피곤하다는 뜻이니 어쩔 수 없이 마오의 손을 끌고 보건실로 향하기로 했다.

"손 안 잡아도 혼자 갈 수 있는데."

"첫 참배 때 쓰러질 뻔했던 게 누구였더라?"

"그 말에는 입을 다물 수밖에 없지만……."

"자, 어서 가자."

"……응."

저항을 관둔 마오가 얌전히 뒤따랐다.

"참나, 왜 이렇게 될 때까지 열심히 노력하는 건지……."

첫 참배 때도 비틀거렸고 최근 그녀는 너무 열심히 사는 것 같았다.

좋아하는 일에 최선을 다하는 건 좋지만 너무 집중하면 자신의 몸을 돌보지 않는 게 걱정이었다.

"……케이키는 부장이 좋아?"

"……."

마오를 보건실로 데려다주는 도중, 뒤에서 작게 무슨 소리가 들린 것 같았지만 이래저래 혼동했다는 핑계로 못 들은 척했다.

방과 후에 케이키는 곧장 서예부실로 향했다.

"수고하셨습니다."

인사를 하면서 얼굴을 내밀자 다다미가 깔린 공간에서 글을 쓰고 있던 사유키가 고개를 들고 웃는 얼굴로 후배를 맞이했다.

"어머, 케이키. 오늘도 수고했어."

"아, 안녕하세요……사유키 선배."

전날 고백이 머리를 스쳐서 좀 겸연쩍었다.

얼버무리듯 잰 걸음으로 지정석으로 향했고 가방을 올려놓았다.

의자를 빼고 앉았을 때 여자 부원들의 전달 사항이 떠올랐다.

"맞다. 난죠 말인데요, 오늘은 서예부 쉴 것 같아요."

"어머, 그래?"

"네에, 뭔가 또 바쁜 것 같던데요."

오전 중에 보건실에서 깊은 잠에 빠져 시간을 보낸 마오는 오후 수업만 듣고 아까 케이키에게 '원고 작업이 남아서 집에 갈게'라고 알린 후 누구보다 빨리 교실을 빠져나갔다.

오늘도 질리지 않고 수위 높은 책 제조에 힘쓰겠지.

"그리고 미즈하는 청소 당번이라고 했으니까 늦을 거예요."

"그래. ……그러고 보니 코가는 도서실에 들렀다 온다고 했어."
"흐음, 그렇군요."
"즉, 애들이 올 때까지는 나랑 케이키 단둘—이라는 뜻이지?"
"네?"
"후후후, 케이키~♪"
"으앗?!"
그건 갑작스러운 충격이었다.
어느새 접근한 사유키가 뒤에서 끌어안은 것이다.
양손을 후배의 목에 두르고 어리광부리듯이 기대는 선배.
그 순간 기분 좋은 체온과 함께 풍만한 가슴의 감촉이 케이키를 덮쳤다.
"사유키 선배?! 무슨 생각이에요!?"
"응? 나 나름대로 애정표현 하는 건데?"
"이 자세에선 선배의 훌륭한 물건이 충분히 닿거든요?!"
"여자에게 가슴은 무기야. 효과적으로 사용하지 않으면 아깝잖아."
"굉장히 타산적인 말을 하기 시작했어!"
하지만 가슴에게 죄는 없었다.
그리고 또래 여학생이 어리광을 부리는데 기뻐하지 않을 남자는 없었다.

(분하지만 이건 솔직히 꽤 흥분하게 만들어.)

지금까지 사유키의 스킨십은 도M의 성벽을 만족시키기 위한 비정상적인 것이 대부분이었다.

그런데 지금 이 상황은 어떻지?

미인이자 글래머인 여자 선배가 뒤에서 끌어안는다는 시추에이션.

남자의 목에 팔을 두르고 등에 가슴을 꽉 누르면서 여자가 어리광을 부리는 이 상황은 바로—.

(내가 꿈에서까지 본 이상적인 연인 시추에이션 그 자체잖아……!!)

케이키는 초식계 남자이긴 했지만 이성과의 교제에 동경이 없는 건 아니었다.

오히려 지금까지 연인이 없었기 때문에 귀여운 여자친구와의 뜨거운 장면을 망상하며 언젠가 만날 운명의 사람에 대해 상상했다.

물론 연상의 누나가 어리광부리는 상황은 훨씬 전에 망상을 끝낸 후였다.

"어때? 이런 여자는……싫어?"

"그런 건……."

싫을 리가 없었다.

유이카의 어리광이 소극적이고 사랑스러운 것이었던 것에 비해 사유키의 그것은 애정을 온몸으로 표현하는 듯한 느낌이라 이건 이것대로 귀여웠다.

"내가 여자친구가 되면 좀 더 좋은 걸 해줄 수 있는데."

"좀 더 좋은 걸?"

"예를 들어 그래……샌드위치를 해줄 수 있어."

"무엇을 무엇으로 감쌀 생각이에요!?"

"후훗, 꿈에 부풀었네."

후배를 끌어안은 상태에서 사유키가 즐겁다는 듯 웃었다.

"그런데 케이키?!"

"왜요?"

"오늘은 부실에 와줘서 기뻐."

"그야 와야죠. 그런 말을 들었는데……."

자신을 피하면 쓸쓸하다고 그렇게 슬픈 얼굴로 말하면 오지 않을 수 없잖아.

"후후, 케이키의 그런 모습이 정말 좋아."

"윽……잘도 그런 식으로 자연스럽게 좋아한다는 말이 나오네요……."

하나하나 파괴력이 높으니 가능하면 조심해줬으면 좋겠는데.

가슴의 감촉과 더불어 평정을 가장하는 것도 이제 한계였다.

"이, 이제 됐죠? 슬슬 좀 떨어지면 안 돼요?"

"그건 안 돼."

"네? 왜요?"

"그야……. 지금 날 보면 얼굴 빨개진 게 탄로 날 테니까……."

"네에?!"

사유키 씨가 사랑에 빠진 소녀 같은 말을 내뱉었다.

자기 입으로 정말 좋아한다고 해놓고 쑥스러워진 모양이었다.

그 말을 끝으로 그녀는 입을 다물어버렸지만, 등 너머로 빨라지는 심장박동 소리가 들려와서 이쪽까지 두근거렸다.

(사유키 선배가 이렇게 귀여웠나?)

아무리 어른스러워 보여도 그녀는 아직 또래 여자아이였다.

자신을 피하면 상처 입고, 좋아한다고 말하면 쑥스러워하는 그 나이대의 여자아이.

그걸 이해한 순간 얼굴이 끓어오르듯이 뜨거워졌다.

"……뭘 대낮에 당당하게 꽁냥대고 있어요?"

"응? ……유이카?!"

언제부터 거기 있었지?

열린 문을 배경으로 부실로 들어온 유이카가 얼음 같은 시선을 케이키와 사유키에게 보내고 있었다.

"어머, 코가잖아. 어서 와."

"……마녀 선배, 왠지 여느 때보다도 케이키 선배와의 거리가 가깝지 않아요?"

"기분 탓이야. 아니, 코가 눈이 나쁜 거 아닐까?"

"누구 눈이 나쁘다고요?!"

역시 견원지간인 두 사람.

만난 지 10초 만에 벌써 싸움이 시작됐다.

"어쨌든 1초라도 빨리 케이키 선배에게서 떨어지세요!"

"싫어. 코가에게 그런 말을 들을 이유는 없으니까."

"으윽……."

요구를 거부당하고 뺨을 불룩하게 부풀리는 유이카.

"……그럼 유이카에게도 생각이 있어요."

"생각?"

사유키의 물음에는 답하지 않고 아무 말 없이 가방을 다다미 위에 올려놓는 유이카.

그리고 종종걸음으로 이쪽으로 다가와서는,

"에잇!"

정면에서 케이키를 끌어안았다.

그것도 이 이상 더 없을 정도로 꽈아악, 조금의 빈틈도 허락하지 않으려는 듯 작은 몸을 바짝 갖다 댔다.

"잠깐, 유이카?!"

"흐음, 이걸로 무승부죠?"

이겨서 의기양양하다는 듯한 미소가 귀여웠다.

너무 귀여워서 화가 나도 화를 내지 못하고 말았다.

"잠깐, 코가, 좀 떨어져 줄래? 내가 먼저 케이키를 만끽하고 있었거든?"

"싫어요. 마녀 선배가 떨어질 때까지 안 놓을 거예요."

"그럼 나도 코가가 떨어질 때까지 안 놓을 거야."

"그러면 난 영원히 이대로 있을래……."

어느새 인내 싸움처럼 변하고 말았다.

사유키도 유이카도 변태를 자중하면서도 행동 패턴이 바뀌지 않는 게 좀 재미있었다.

이렇게 되면 두 사람은 한 발도 물러나지 않기 때문에 설득을 포기하고 케이키는 눈을 감았다.

등 뒤를 사유키가, 정면을 유이카가 누르고 있어서 제대로 몸을 움직일 수조차 없었다.

"이것도 샌드위치인가……."

글래머와 절벽 가슴 사이에 끼여서 청소를 끝낸 미즈하가 나타날 때까지 잠깐 동안 남자로서의 행복을 맛보았다.

◇

"흐음, 토키하라 선배랑 코가의 샌드위치라. 그건 완전 럭키였네."

"솔직히 나쁘진 않았어."

화요일 방과 후, 아무도 없는 2학년 B반 교실에서 창가 자리에 앉아 쇼마와 케이키 두 사람이 이야기꽃을 피우고 있었다.

서예부의 변태 사정을 아는 데다 여자친구 보유자. 연애 상담에는 최적인 그에게 이야기를 털어놓기로 했다.

"어쨌든 두 사람한테 고백을 받다니, 케이키도 허투루 볼 수 없네. 다른 남자가 들으면 질투로 미쳐버릴지도 모르는 안건이야."

"나도 그렇게 생각해."

"그래서 케이키는 어떻게 할 생각이야?"

"……솔직히 망설여져."

"큰 가슴이 좋은지 작은 게 더 좋은지는 인류에게 영원한 테마니까."

"아니, 가슴 사이즈 때문에 망설이는 게 아니야."

"참고로 나라면 망설임 없이 작은 쪽을 선택할 거야."

"로리콘의 작은 가슴 사랑은 대단하네."

상담 상대를 잘못 선택한 걸지도 모르겠다.

"정말 망설이고 있어. 계속 생각해봤는데 좀처럼 답을 내릴 수 없어서……."

"흐—음?"

"두 사람 다 이런 날 좋아한다고 말해줬으니 나도 정말 진지하게 생각해야 할 것 같은데 생각하면 할수록 최악의 상황에 빠진달까……."

좋아하는지 싫어하는지.

변태인지 변태가 아닌지.

다양한 생각이 뒤섞여서 붙잡아야 할 대답이 숨어버리는 것 같았다.

"케이키는 아무도 상처 입히기 싫은 거 아니야?"

"뭐……?"

"케이키는 착하니까. 아무도 울리기 싫어서 대답을 내리지 못하는 거 아닐까?"

"……."

아무도 상처 입히기 싫다.

아무도 울리기 싫다.

그건 확실히 항상 케이키가 생각하는 것인데…….

"그럴지도……."

쇼마의 말은 아마 옳을 것이다.

"분명 난 무서운 거야. 내가 대답을 내린 후 누군가를 선택하고 선택하지 않아서 상대를 상처 입히고 마는 게."

결국 누군가 한 사람을 선택할 용기가 없는 것뿐일지도 모른다.

어느 쪽을 선택하든 어느 쪽도 선택하지 않든 분명 누군가는 상처 입고 울고 말 테니까.

그게 싫어서 케이키는 멈춰 서버린 걸지도 모른다.

"이번에는 누군가를 위해서가 아니라 자신을 위해 생각하는 게 좋지 않을까?"
"뭐?"
"네가 누구랑 함께 있으면 행복한지, 그런 식으로 생각하면 대답이 보일지도 몰라."
"과연……."
확실히 그런 식으로 생각한 적은 한 번도 없었다.
상대에 대해서만 의식해서 가장 중요한 자신의 마음과 정면으로 마주하지 못했다.
"난 그저 두 사람에게 대답해줘야 한다는 그 생각만 했어."
"그게 케이키의 장점이지만. 난 케이키도 행복해졌으면 좋겠어."
"쇼마……."
어째서지?
쇼마가 굉장히 감동적이고 기쁜 말을 해줬는데, 그보다『여기 난죠가 없어서 다행이야』라는 안도감이 먼저 드는 건…….
"고마워. 내 마음까지 포함해서 제대로 생각해볼게."
"응, 케이키가 어떤 선택을 하든 난 응원할 거야."
쇼마에게 말하면서 자신의 마음을 정리하게 된 것 같았다.
상담 상대로서 그를 선택하길 잘했어.
"그건 그렇고 드디어 고백을 단행했네."
"응? 무슨 말이야?"
"코가랑 토키하라 선배, 두 사람 다 케이키를 좋아한다는 오라를 발산했으니까, 언제 고백할지 신경 쓰였거든."
"그랬어?!"
정말 처음 듣는 이야기였다.
"설마 두 사람이 동시에 적극적으로 나설 줄은 몰랐지만."
"알고 있었으면 나한테 알려줘도 좋았을 텐데……."
"아하하, 그건 좀 멋이 없잖아."
확실히 그건 멋이 없다.
반대 입장이라면 케이키도 똑같이 행동했겠지.
이야기가 정리됐을 때 의자에 걸터앉은 쇼마가 즐겁다는 듯 미소 지으며 말했다.
"케이키의 심장을 쏘는 건 대체 누굴까?"

그 이후 동아리 연습을 하러 가는 쇼마와 1층으로 내려가는데 복도 안쪽에 낯익은 두 개의 인영이 보였다.
"응? 저건……린타로랑 미즈하?"
한 명은 웬일로 남자 교복을 착용한 미타니 린.
그리고 또 한 명은 교복 위에 코트를 걸친 미즈하였다.
상황으로 살펴보건대 하교하는 중이었던 미즈하에게 린타로가 말을 건 것 같은 느낌이랄까.
"뭔가 드문 조합이네."
"그러게……."
일단 미즈하랑 린타로는 면식이 있었다.

그는 케이키가 일시적으로 소속되었던 학생회 멤버였고 축제 때 서예부가 카페를 열었을 때 가게에 찾아오기도 했으니까.

그건 그렇고 린타로라고 하니 마음에 짚이는 게 있었다.

"첫 참배 때 했던 말이 진심이었나……?"

"무슨 말이야?"

"린타로 녀석, 미즈하에게 애정 공세를 벌이겠다는 말을 했거든."

"그래? 흐음, 미타니가 미즈하에게?"

"……."

"무슨 이야기를 하는 거지? 미즈하가 즐거워 보이는데."

"글쎄?"

이야기의 내용은 모르지만 미즈하가 싱글벙글하고 있는 걸 보면 성희롱을 당하고 있는 건 아닌 듯했다.

"그런데 왜 케이키는 그렇게 복잡한 얼굴을 하고 있는 건데?"

"뭐랄까, 소중한 딸을 남자에게 빼앗긴 아버지의 기분이 느껴지는 것 같아서……."

"아아, 케이키는 시스콘이니까."

"자주 듣는 말인데, 내가 그렇게 심한 시스콘이야?"

"맞아. 틀림없이."

"그래?"

뭐, 시스콘이라면 어쩔 수 없지.

귀여운 여동생에게 남자가 접근하는 것을 보고 짜증 나는 것도, 뭣하면 방해하러 가고 싶은 충동에 사로잡히는 것도 중증 시스콘 오빠라면 어쩔 수 없는 일이었다.

◆

그날, 학생회실은 무거운 분위기에 휩싸여 있었다.

테이블을 사이에 두고 앉아 있는 건 학생회 임원을 맡고 있는 후지모토 아야노, 오니즈카 메구미, 나가세 아이리, 미타니 린(여장 중)까지 4명.

"이건 묵과할 수 없는 중대한 사태예요. 전년도랑 비교해도 꽤 많이 떨어졌어요."

부회장인 메구미가 들고 있는 자료를 보면서 발언했고,

"수치적으로 5퍼센트는 오차 범위라고도 할 수 있지만 이게 매년 이어지면 장래에 우리 학교에 심한 타격이 될지도 몰라요."

회계인 아이리가 수치에 대한 보충 설명을 더했고,

"그렇다면 지금 대책을 세울 필요가 있겠네요. 우선도로 볼 때는 그렇게까지 높진 않지만……어떻게 할까요, 아야논 선배?"

서기인 린코가 회장에게 지시를 요청했고,

"으—음……."

의견을 요구받은 아야노가 고민스러운 듯 신음했다.

아직 학생회장에 취임한 지 얼마 안 된 아야노는 학생회 리더로서 최선의 결단을 내렸다.

"학생회로서는 간과할 수 없는 안건이니까 최선을 다해 볼까??"

"이의 없습니다."

메구미가 찬성했고 아이리와 린코 두 사람도 수긍했다.

그때 미소를 띠며 아야노가 마무리에 들어갔다.

"그럼 이 안건의 담당은—아이리에게 부탁해도 되겠어?"

"맡겨주세요, 아야노 선배! 반드시 제가 목표를 달성하겠습니다!"

지명을 받은 아이리가 기세등등하게 대답했다.

동경하던 선배가 자신에게 일을 맡겨 텐션이 올라간 것이다.

그런 분위기로 회의가 끝난 후. 린코가 '어머?'라며 남자답지 않은 귀여운 소리를 내며 옆에 앉은 아이리 주변—정확하게는 앞에 놓인 수첩을 봤다.

"나가세, 그거 새 수첩이야? 귀엽네!"

"뭐? ……그, 그래?"

"응, 벚꽃이 멋진데?! 어디서 샀어?"

"사, 상관없잖아, 그런 건!"

"뭐? 그 정도는 가르쳐줘도 되잖아~. 그럼 적어도 좀 더 자세히 보여줘~."

"안 돼! 안 되는 건 안 돼!"

벚꽃 모양의 수첩을 가슴에 품고 위협하는 아이리.

린코는 그렇게까지 하고서야 겨우 '나가세 치사해~'라고 말하며 포기했다.

"참나, 미타니는……."

수다를 좋아하는 인종은 이러니까 곤란했다.

(키류 선배에게 받았다고 말할 순 없지…….)

남자를 싫어한다고 알려져 있는 자신이 남자에게 받은 선물을 사용한다는 사실이 알려지면 가십을 좋아하는 린코가 놀릴 게 확실.

그런 굴욕은 도저히 용납할 수 없었다.

(키류 선배는 아직 유이카에게 대답을 해주지 않았지? 얼른 오케이하고 사귀면 될 텐데…….)

그러면 전부 원만하게 해결된다.

키류 케이키가 '예스'라고 하는 것만으로도 유이카는 행복해질 수 있다.

"아, 맞다……."

거기까지 생각했을 때 어떤 아이디어가 머릿속에 떠올랐다.

스스로 생각해봐도 재치 있는 생각에 아이리가 미소 지

었다.
"이번 안건은 서예부한테 도와달라고 해야겠다."

◇

쇼마에게 상담한 다음 날 방과 후.
서예부 부실에서 케이키랑 사유키, 유이카 세 사람이 테이블에 둘러앉아 차를 마시면서 느긋하게 쉬고 있는데 참신한 인물이 부실을 찾아왔다.
"실례합니다."
"어머, 나가세잖아. 오랜만이네."
"안녕하세요, 토키하라 선배."
트윈테일의 후배—나가세 아이리가 꾸벅 고개를 숙였다.
아이리는 서예부에 체험 입부한 적도 있어 사유키와도 서로 잘 아는 사이였다.
"그래서, 오늘은 무슨 일로 왔어?"
"아, 네. 이것 때문에요……."
아이리가 꺼낸 건 한 권의 책자.
우리 모모사와 고등학교 건물이 표지를 장식한 이른바 학교 소개 팸플릿이었다.
"오오, 반갑네. 나도 여기 시험 치기 전에 봤는데."
"유이카도 봤어요."

"그건 작년 팸플릿인데요. 지금부터 내년 수험생용 새 팸플릿을 만들 거예요."

"흐음, 학생회에서 이런 일도 하는구나."

"그 담당을 제가 맡게 됐는데 서예부에 협력을 부탁하고 싶어서요."

"협력?"

"사실 우리 고등학교는 저출산의 영향으로 응시생 숫자가 줄어들고 있거든요."

"아아, 그거 꽤 힘들겠어."

학생 수가 감소해 폐교가 되는 일은 자주 듣는 이야기였다.

"학생회로서는 무슨 일이 있어도 지원자를 늘리고 싶어서 올해 팸플릿은 기합을 넣어서 제작하기로 했어요."

"흐음, 흐음."

"그래서 교복 소개 페이지 모델로 귀여운 학생을 기용하기로 했는데."

"호오, 호오."

"담당자인 저로서는 꼭 유이카가 여자 모델을 맡아줬으면 좋겠어요."

"뭐? 유이카에게?"

케이키가 되묻자 아이리가 흥분한 상태로 고개를 끄덕였다.

"절세미녀인 유이카가 모델을 맡아준다면 지원자가 급증

할 게 틀림없으니까요."

"뭐, 쇄도할 것 같긴 해. 주로 남자들이."

"코가는 성격은 몰라도 겉모습은 미소녀니까."

케이키와 사유키의 의견이 일치했다.

하지만 계획에 성공한다고 해도 남녀비율이 균형을 잃을 것 같은데, 그런 점은 남자를 싫어하는 나가세 입장에서 괜찮을까?

게다가 애초에 이 안건에는 근본적인 문제가 있었다.

"싫어요. 거절할게요. 수험생의 관심을 끄는 그런 판다 같은 일은 절대로 안 할 거예요."

"어째서?!"

"뭐, 그렇겠지."

아니나 다를까 모델로 지명된 유이카는 싫은 듯 얼굴을 찡그리며 거절했다.

보시다시피 유이카는 눈에 띄는 일을 싫어했다.

모델 후보가 이 상태라면 촬영 자체가 말이 안 되는 상황.

"모델이라면 아이리가 하면 되잖아."

"난 저기, 유이카처럼 귀엽지 않으니까."

"뭐? 나가세도 귀여운데."

"네……?"

아무렇지도 않은 남자의 한마디에 아이리가 순간 얼어붙었고,

"저, 절 칭찬해봤자 아무것도 안 나와요!!"

얼굴을 새빨갛게 물들이며 틀에 박힌 츤데레의 모습을 보였다.

"……케이키 선배는 귀엽다는 말을 누구에게나 하네요."

"……케이키의 천직은 호스트라고 생각해."

"그럴 생각은 없었는데……."

유이카와 사유키의 차가운 시선이 따가웠다.

크흠, 헛기침을 한 아이리가 다시 한번 설득을 시도했다.

"유이카, 절대로 안 되겠어?"

"안 돼."

"흐—음? 그래—? 아쉽네—. ……아, 그러고 보니 작년 크리스마스 데이트를 준비해준 게 누구였더라?"

"으윽……."

완고했던 유이카에게서 동요가 일었다.

12월 24일 데이트는 아이리의 협력으로 성립된 것이었다.

즉 유이카는 그녀에게 빚이 있었고…….

"……하아, 알았어."

"정말?!"

"다만 조건이 있어."

"조건?"

"그 사진은 남녀가 나란히 찍는 거잖아?"

"맞아. 남자 교복도 소개해야 하니까."

“그럼 남자 모델을 케이키 선배로 한다면 생각해볼게.”
“뭐? 나?!”
“그런 거라면 안심해도 돼. 처음부터 키류 선배한테 부탁할 생각이었으니까.”
“그랬어?!”
설마 자신까지 모델로 계산되고 있었을 줄이야…….
“키류 선배는 좋은 의미로 특징이 없는 외모라 옆에 서면 유이카의 귀여움이 보다 돋보일 거예요.”
“저기, 나가세, 나도 조금은 상처받거든?”
얼굴은 평범해도 마음은 생각보다 섬세했다.
“잠깐만.”
“뭐예요, 마녀 선배?”
“학교 소개니까 흑발 모델이 더 낫지 않을까? 아니, 금발은 왠지 불량해 보이잖아.”
“실례거든요?!”
사유키에게 엄청난 트집을 잡힌 유이카가 발끈했다.
“전혀 불량해 보이지도 않고 유이카의 머리는 애초에 천연이라고요!”
“어쨌든 나도 모델로 입후보할게. 나도 케이키랑 사진 찍고 싶어.”
“안 돼요! 케이키 선배랑 사진 찍는 건 유이카예요!”
촬영권을 둘러싸고 우리 학교의 흑발 여자 대표와 금발

여자 대표가 서로 노려보았다.
그런 두 사람을 바라보면서 케이키 옆으로 온 아이리가 놀리듯 말했다.
"여전히 키류 선배는 인기가 많네요."
"덕분에."
이제 일일이 부정하는 것도 성가셨다.
그렇다고 해도 이대로라면 이야기가 마무리되지 않는다.
"……하아, 어쩔 수 없네요."
한숨을 쉬며 믿음직한 학생회 임원이 두 사람 사이에 끼어들었다.
"워워, 두 사람 다 진정하세요."
"하지만 마녀 선배가!"
"그렇지만 코가가!"
"네, 네. 두 분의 주장은 알겠어요. 그래서 제안하겠는데, 두 사람 다 사진을 찍어서 가장 괜찮은 사진을 채용하는 건 어떨까요?"
아이리가 내놓은 더할 나위 없는 제안에,
"그건……."
"굉장히 좋은 생각이네……."
역시 미친개들이라고 해도 반대 의견은 나오지 않았다.

◇

그렇게 개최하게 된 촬영회 당일, 방과 후 학생 현관 앞에는 5명의 학생이 모여 있었다.

이번 촬영 모델로 발탁된 케이키, 유이카, 사유키까지 서예부 부원들과 학생회의 담당자이자 촬영회 감수를 겸임할 아이리.

그리고 작은 손에 훌륭한 카메라를 휴대한 파카 차림의 소녀가 한 명.

"오늘 카메라맨을 맡게 됐습니다. 오오토리 코하루입니다. 잘 부탁드립니다."

카메라맨을 맡게 된 코하루가 꾸벅 가볍게 인사를 건넸다.

그렇게 귀여운 상급생의 모습에 치유받으면서 케이키가 중얼거렸다.

"코하루 선배가 카메라맨인가. 더할 나위 없는 배역이네."

"선거 때 공적이 있으니까요. 그 포스터 사진은 프로가 작업한 줄 알았어요."

케이키에 이어 아이리도 코하루의 공적을 극구 칭찬했다.

완전히 학생회 전속 카메라맨이 된 코하루 선배였다.

"오늘은 안 질 거야, 코가."

"그건 제가 할 말이에요, 마녀 선배."

사진 채용 권한을 두고 서로 쟁탈할 두 여학생이 연례행사처럼 날카로운 대화를 나누고 있었고,

"그럼 얼른 찍어보죠!"
기분 좋은 코하루의 지시에 따라 촬영이 시작됐다.
이미 대부분의 학생들은 하교한 상태.
사람의 왕래가 적었기에 절호의 타이밍이었다.
우선 현관 앞에서 유이카와 케이키를 모델로 찍어봤는데―.
"으―음……좀 평범하네요……."
시험 촬영 사진을 확인한 아이리가 그런 말을 내뱉었다.
"학교 팸플릿이니까 평범한 게 좋지 않아?"
코하루가 찍은 사진 속에는 현관 앞에 나란히 선 케이키와 유이카가 담겨 있었다.
교복 소개라는 콘셉트라면 정확한 것 같은데…….
"아뇨, 이번 팸플릿에는 응시자를 늘릴 목적이 있어요. 후배들이 이 학교에 다니고 싶어질 법한 임팩트 있는 사진이 필요해요!"
"으, 으응……."
왠지 후배가 불타오르고 있었다.
닿으면 화상 입을 것 같은 기세였다.
"그럼 학교에 다니고 싶을 만한 사진은 대체 어떤 건데?"
"나가세, 뭔가 이미지 같은 게 있어요?"
"글쎄요……."
케이키와 코하루의 질문에 턱에 손가락을 대고 아이리가 잠시 생각에 빠졌다.

"맞다, 키류 선배, 유이카를 뒤에서 꽈아악 끌어안아 보세요. 정말이지 연인인 것 같은 느낌으로."

"뭐?!"

"잠깐, 아이리?!"

케이키와 유이카에게서 불만의 목소리가 터져 나왔지만 말을 꺼낸 장본인은 아랑곳하지 않았다.

"반론은 인정 못 해요. 이건 이 학교의 발전을 위해서예요. 이 구도라면 연애 OK라는 자유로운 교풍의 이미지가 드러날지도 몰라요."

"크윽, 뭔가 그럴싸한 말을……."

"케이키 선배, 어떻게 할래요?"

"뭐, 난 별로 상관없는데……."

"유이카도 케이키 선배가 좋다면 딱히……."

서로를 의식해 머뭇거리는 두 사람.

"잠깐만! 그런 파렴치한 포즈, 난 절대로 인정 못 해!"

유일하게 사유키가 이의를 제기했지만―.

"유이카가 끝나면 토키하라 선배도 이렇게 찍으면 돼요."

"얌전히 기다릴게."

아이리가 당근을 흔들자 얌전히 물러났다.

이 짧은 시간에 사유키 다루는 방법을 마스터한 나가세였다.

"그럼 슬슬 촬영 재개할까요. 키류, 코가를 에스코트 해주세요.”

“알겠습니다.”

코하루의 재촉에 유이카 앞에 섰다.

“그럼 유이카…….”

“아, 네. 부탁드려요…….”

여기까지 온 이상 할 수밖에 없었다.

후배의 등 뒤로 돌아가 작은 몸에 손을 둘러 꽉 안았다.

“하, 하앗?! 으아아아아아앗?!”

품속에 그녀를 담은 순간, 긴장이 최고조에 달한 후배가 들어본 적 없는 소리를 내뱉었다.

분명 단정한 얼굴을 토마토처럼 빨갛게 물들이고 있겠지.

그리고 그건 케이키도 똑같아서—.

(유이카, 역시 작구나……. 품속에 쏙 들어오고 정말 전부 부드럽고 엄청 좋은 냄새가 나…….)

그녀가 정말 여자아이라는 걸 뼈저리게 느꼈다.

남자와는 전부 다 다른 후배의 감촉에 속수무책으로 이성을 느껴 가슴이 두근거렸다.

이것만으로도 꽤 창피한데—

“와아—, 이거 느낌 좋은데요.”

“새빨개진 유이카, 엄청 귀여워♪”

“크윽, 주인님을 다른 개에게 빼앗긴 기분이야…….”

갤러리에게 보여주는 수치 플레이라니, 어디까지 창피를

당해야 만족할 거지?

(난 대체 뭐 하는 거야……?)

그 물음에 대한 답은 아마 아무도 모를 것이다.

"유이카~, 좀 더 자연스러운 여자친구의 표정을 지어줄 수 있을까?"

"자연스러운 여자친구의 표정이 뭐야?!"

그런 느낌으로 나가세 감독의 무리한 요구에 응한 지 약 10분.

"네, 오케이입니다!"

웃는 얼굴의 코하루가 카메라를 내렸을 때 케이키와 유이카는 드디어 해방되었다.

"너, 너무 부끄러워서 죽는 줄 알았어요……."

"나도……"

숨이 막 끊어질 듯한 두 사람과는 대조적으로 카메라로 사진을 확인한 아이리는 기뻐서 어쩔 줄 몰라 하는 얼굴이었다.

"키류 선배, 굿 잡! 덕분에 최고로 귀여운 유이카의 사진을 찍었어요!"

"그거 다행이네……."

왠지 취지가 바뀐 것 같았지만 태클을 걸 기운도 없었다.

"하지만 역시 이 사진은 아웃 아닐까? 아무리 그래도 너무 밀착했고 풍기 문란을 일삼는 학교라고 여길 것 같아……."

평소에도 풍기를 문란하게 하고 다니는 사유키가 사진을 보면서 단점을 지적했다.

"그 이전에 아마 선생님의 허가를 받기 힘들 것 같은데요."

"그럼 이 사진은 보류하죠."

"우리의 노력은 대체 뭐였지……."

코하루랑 아이리가 간단하게 보류를 결정하고 말았다.

노력이나 들인 시간이 반드시 보상받는다고만은 할 수 없다.

이 세상의 부조리를 음미하고 있자 유이카가 코하루에게로 다가가 작은 상급생에게 쭈뼛쭈뼛 말을 걸었다.

"저기, 오오토리 선배? 지금 그 사진, 나중에 받을 수 있을까요?"

"후후, 알겠어요. 코가의 스마트폰으로 보내줄게요."

"감사합니다!"

흔쾌히 승낙을 받은 유이카가 미소를 꽃피웠다.

"유이카, 왠지 기뻐 보이네."

"그야 당연하죠."

"나가세?"

그냥 내뱉은 혼잣말을 옆으로 다가온 후배가 듣고 말았다.

"그런 것도 모르다니, 키류 선배는 정말 둔하네요."

"흐음? 그럼 나가세는 알아?"

"물론이죠. 좋아하는 사람과 찍은 사진이니까 특별히 더 기쁘죠.”

“아아…….”

좋아하는 사람과의 사진이니까 기쁘다.

말로 들으면 이것만큼 간단한 말도 없었다.

(그러고 보니 데이트했을 때도 사진을 기쁜 듯 보고 있었지…….)

인상적이었기에 기억하고 있었다.

돌아가는 버스 안에서 그녀는 공주님 안기를 한 모습을 찍은 사진을 즐거운 듯 바라보고 있었다.

그 미소를 끄집어낸 건 다른 누구도 아닌 자기 자신이라고 이해한 순간 핫팩을 댄 것처럼 뺨이 뜨거워졌다.

“유이카 녀석……이 이상 날 유혹해서 어쩔 생각이야……?”

고백을 받은 후 이쪽은 여자 후배의 맹공에 마음이 쉴 새가 없다.

“흐흥. 유이카의 매력을 깨달았다며 얼른 사귀고 마음껏 쪽쪽거리면 되겠네요.”

“쪽쪽거리다니…….”

좀처럼 여고생이 입에 담을 말이 아니었다.

“혹시 나가세는 유이카를 위해 촬영회를 꾸민 거야?”

처음부터 이상했다.

유이카가 모델을 싫어한다는 것 정도는 친구인 아이리가 알고 있었을 것이다.

그런데도 억지로 협력을 얻어낸 건 촬영회를 통해 케이키와 유이카 사이를 좁히려고 했기 때문 아닐까?

"글쎄, 어떨까요?"

상급생의 질문을 웃는 얼굴로 받아넘기며 아이리가 모든 것을 어리둥절하게 만들었다.

이렇게 되면 더는 진실을 확인할 방법이 없었다.

"자, 그럼 이번에는 내 차례네!"

잠깐의 휴식을 끝내고 모델을 사유키로 교체해 촬영회가 재개되었다.

"토키하라, 좀 더 키류 옆에 붙어요!"

"이, 이렇게?"

"오케이예요! 귀여워요!"

적당히 모델에게 의욕을 불어넣으며 코하루가 셔터를 눌렀다.

(코하루 선배는 정말 프로 카메라맨이 되면 좋을 것 같아.)

그런 생각을 하면서 촬영을 이어나가는데,

"흐음, 안내 팸플릿 사진을 찍고 있어?"

"오키타 선생님?"

그때 등장한 사람이 깔끔하게 양복을 입은 오키타 선생님이었다.

"아아, 미안. 난 신경 쓰지 말고 계속 찍어. 교내 순찰을 하고 있었던 것뿐이니까."

재개를 재촉한 후, 그녀는 시선을 한 여학생에게로 보냈다.
"응? 토키하라도 찍고 있어?"
"그런데요……무슨 문제라도?"
"아니, 문제라고 할 건 없지만……. 토키하라는 올해 졸업이니까 이왕이면 재학생을 찍는 게 좋을 것 같아서."
"""""""아……."""""""
미소녀를 미끼로 한 수험생 획득 작전인데 모델이 졸업해 부재라면 사기가 된다.
이렇게 도저히 불가능한 사정에 따라 사유키의 강판이 결정되었고 모델 역할에는 다시 유이카가 채용되었다.

"……아, 피곤해……."
사진 촬영을 끝내고 집으로 돌아온 케이키는 교복을 입은 채로 거실 소파에 주저앉았다.
그때 이미 집에 돌아와 있던 미즈하가 차가운 차를 갖고 왔다.
"수고했어. 설마 오빠가 모델로 뽑힐 줄이야."
"들러리 역할이라는 말만 계속 들었지만."
"후훗, 그럼 오늘은 열심히 한 상으로 오빠가 좋아하는 고기 감자조림이라도 만들까?"
"오오, 좋은데—."
실내복 위에 애용하는 앞치마를 두르고 부엌으로 돌아가

흥흥흥, 기분 좋게 콧노래를 부르며 미즈하가 저녁 준비를 시작했다.

리드미컬한 식칼 소리를 들으며 케이키는 신경 쓰였던 화제를 꺼내기로 했다.

"있잖아, 미즈하?"

"응?"

"얼마 전에 학교에서 린타로랑 같이 있었지? 무슨 이야기 했어?"

"아아, 미타니? 한가하면 차라도 같이 마시자고 하던데."

"노골적인 유혹 멘트!"

완전히 리얼충이 쓰는 상투적인 문구였다.

그건 이미 '마음이 있다'고 말하고 있는 거나 마찬가지였다.

"뭐, 저녁 식사 재료 사러 가야 한다고 거절했지만."

"그래……?"

"그러고 보니 요즘엔 자주 미타니가 말을 거는 것 같은데……?"

"흐, 흐음……?"

린타로는 적극적으로 다가가는 타입인 듯했다.

(미소녀 같은 얼굴을 하고선 남자답잖아…….)

여장을 한 탓에 잊어버리기 쉽지만 그가 하는 말은 평상시에도 여자들 가슴에 대한 화제뿐이었고, 내면은 평범한 남자아이였다.

(린타로라면 미즈하의 가슴이 목적인 게 틀림없어. 미즈하는 숨은 글래머니까.)

생각보다 큰 마오를 누르고 서예부 내에서 2위의 위치를 차지한 미즈하였다.

가슴 성인의 마음에 든 것도 납득이 갔다.

물론 린타로가 나쁜 녀석이 아니라는 건 안다.

그저, 여동생에게 남자가 접근하는 건 유쾌하지 않았다.

"……저기."

"응?"

"그 녀석, 그렇게 보여도 가슴 성인이니까 조심해."

"뭐……?"

식칼을 든 손을 멈추고 미즈하가 고개를 들었다.

예상 밖의 모습을 본 것처럼 깜짝 놀란 표정에서 서서히 평소의 부드러운 미소로 바뀌었고—.

"후후, 알았어. 조심할게."

미즈하는 어딘가 기쁜 듯 오빠의 염려를 받아들였다.

"갑작스럽지만 겨울 합숙을 하고 싶어요!"

1월 하순 평일 방과 후, 부실로 찾아온 사유키가 입을 열자마자 그런 말을 내뱉었다.

테이블에 둘러앉은 4명의 부원들 중에서 대표로 케이키가 대응했다.

"왜 갑자기 합숙이에요?"

"좋은 질문이야. 내가 시험공부 하느라 지쳤으니까."

"애초에 사유키 선배는 공부도 거의 안 했잖아요."

"뭐, 그렇지. 나의 학력으로는 지망 대학교 합격이 거의 확실하니까."

"그래도 그 지망 학교, 지방 대학 중에서 톱클래스 아닌가요……."

역시 서예부가 자랑하는 수재.

상위권 명문 대학이 간단하게 합격권 내에 들어가 있었다.

"하지만 뭐, 주위에서 엄청 공부하고 있으니까. 분위기에 휩쓸려서 정신적으로 지쳤어. 이게 수험 노이로제라는 거겠지."

"뭔가 유이카가 아는 수험 노이로제랑은 다르네요……."

"안심해도 돼. 부장님이 이상한 것뿐이니까."

유이카와 마오의 중얼거림도 상관없다는 듯. 전혀 신경 쓰지 않고 사유키가 말을 이었다.

"그런 이유로 수험에 관해서는 아무런 걱정도 필요 없는 나지만 이번에 순조롭게 입시를 끝냈으니까 지금 엄청 놀고 싶어! 이번 주말에 1박 2일로 기분 좋게 놀러 가자."

"참고로 목적지가 어딘가요?"

"흐흥, 이 시기에 합숙이라면 목적지는 하나밖에 없잖아?"
"온천 마을?"
"아니야. 그건 그것대로 딱 좋을 것 같지만 아니야. 눈 덮인 산이야."
"흐음, 눈 덮인 산이라……."
스키장이나 눈썰매장은 겨울 여행의 기본이었다.
하지만 그 목적지에 대한 여자부원들의 반응은 차갑기만 했다.
"난 추운 거 싫어……."
"나도 겨울엔 코타츠에 계속 누워 있고 싶은 타입이라……."
"유이카는 괜찮다면 여름에도 방에 틀어박히고 싶을 정도예요."
미즈하, 마오, 유이카 세 사람이 함께 난색을 표했다.
"설산에 대한 부정적인 감정이 엄청나네……."
여성들 중에선 추위를 타는 사람이 많다고 하니 이 반응은 필연적인 것일지도 모른다.
"어, 어쨌든 설산으로 갈 거야! 이건 결정된 사항이야!"
""""네에—?""""
부장의 강경한 자세에 여학생 3명의 야유가 일어났다.
"……어머? 모두가 안 간다면 어쩔 수 없으니까 나랑 케이키 둘이서 1박 2일로 갔다 올까?"
""""?!""""

그 순간, 여학생 3명의 어깨가 움찔 떨렸다.

"흐음, 오히려 그게 더 재미있을지도 몰라. 아무에게도 방해받지 않고 많은 일들을 할 수 있고."

"아니, 전 강제 참가군요."

거부권이 없는 이 느낌, 왠지 반가웠다.

"그, 그렇게는 안 되죠, 마녀 선배! 케이키 선배랑 둘이 가는 여행은 용서 못 해요!"

"그래. 남녀 고등학생이 단둘이 외박이라니, 불건전해."

"난 갑자기 스키를 타고 싶어졌어."

사유키의 도발을 받아들여 의견을 180도 전환한 여자 부원들.

"도리어 상쾌할 정도로 태도가 돌변했네……."

발안자가 질릴 정도로 빠른 의견 전환은 제쳐놓고 부장에 의한 필사적인 협박 끝에 전원 참가로 서예부 설산 합숙이 결정되었다.

그리고 왁자지껄 일정을 세우기 시작한 동료들을 곁눈질하면서,

"……나도 슬슬 결론을 내야겠지."

서예부에서 유일한 남자부원이 남몰래 결의를 다짐했다.

제5장 어떤 서예부의 설산 합숙

주말 토요일 점심 무렵, 서예부 5명이 내려선 곳은 온통 은빛인 세계였다.

"설산이다아아아아아아아아아아!!"

"추워! 새하얘! 눈이 잔뜩 있어요!"

날씨에 축복을 받은 스키장과 설산의 절경에 케이키와 유이카가 텐션을 높였다.

"두 사람 다 그렇게 큰 소리를 내면 눈사태가 일어날지도 몰라."

"참나, 두 사람 다 아직 어린애라니까."

그에 비해 사유키와 마오는 완전히 보호자 포지션이었다.

그리고 미즈하는 '추워……'라고 중얼거리며 가차 없는 설산의 기온에 몸을 떨고 있었다.

이른 아침부터 열차와 버스를 갈아타고 목적지에 도착한 서예부 부원들은 숙박 장소인 산장에 짐을 두고 바로 근처 스키장으로 걸음을 옮겼다.

모두 스키복 차림으로, 색은 케이키가 회색, 여자들은 사유키가 파란색, 유이카가 핑크색, 마오가 오렌지색, 미즈하가 녹색의 라인업으로 되어 있었다.

물론 5명 다 모자랑 장갑을 착용하고 있었다.

"이번에도 흔쾌히 별장을 빌려준 오오토리에게 감사해야

겠네."

"그러게요. 나중에 저도 인사를 드릴게요."

이번에도 오오토리 가문이 소유하고 있는 숙박 시설을 빌리게 되었다.

그 외에도 몇 군데 별장이 있다는 게 무시무시했다.

"오빠, 오빠."

"응? 미즈하, 왜 그래?"

여동생이 옷자락을 끌어당겨 묻자 그녀는 등 뒤에 있는, 조금 전 다 같이 나왔던 스키 센터라고 불리는 건물을 가리키며 말했다.

"난 안에서 책 읽어도 돼?"

"느닷없이 안에 틀어박힐 생각으로 가득 찼네."

피부를 찌르는 듯한 이 추위는 케이키에게도 꽤나 매서웠다.

원래 추위를 많이 타는 미즈하에게는 더더욱 괴롭겠지.

그렇게 추위를 많이 타는 동생의 주장에 대답한 건 오빠가 아닌 사유키였고

"혼자만 건물 안에서 안락하게 있는 건 용서 안 해. 전원 참가니까."

"네에—?"

"나도 모처럼 왔으니까 미즈하랑 놀고 싶은데."

"오빠가 그렇게 말한다면."

오빠의 설득에 여동생이 참전의 의사를 표했다.
좀처럼 볼 수 없는 설산이었다. 건물 안에서 보내는 건 아까웠다.
"그건 그렇고 스키복은 움직이기가 힘드네. 왠지 땅딸막해 보인달까……수영복에 비하면 여자의 매력이 큰 폭으로 감소되는 것 같아."
"스키복에 여자의 매력을 요구해봤자……."
"케이키를 뇌쇄시키기 위해 굳이 추운 겨울에 수영복을 입는 건 어때?"
"그대로 냉동 보존될 테니까 관두세요."
수영복 차림으로 얼어버린 시체는 보고 싶지 않았다.
방한이 목적인 옷이라 좀 촌스러운 건 애교였다.
"한겨울에 수영복은 제쳐두고 시간도 아까운데 이제 놀아볼까?"
"네! 유이카는 눈싸움을 하고 싶어요!"
"뭐? 모처럼 스키장에 왔는데?"
"그렇지만 유이카는 스키를 타본 적이 없단 말이에요."
"뭐, 우리 마을에는 눈이 좀처럼 내리지 않으니까."
현시점에서 가장 가까웠던 건 크리스마스이브 밤에 살짝 내린 정도.
그때도 결국 쌓이지 않고 그치고 말았다.
"난 스키나 탈까? 꽤 오랜만이지만."

"마오 선배, 스키 탈 수 있어요?"

"옛날에 엄마를 따라 스키장에 가기도 했으니까."

"난죠는 정말 뭐든 잘하는구나."

"스키나 썰매는 대여할 수 있대. 난 스키는 무리일 것 같으니까 깔끔하게 썰매로 할게."

"대체 뭐가 깔끔하다는 건지……."

깔끔한 사유키에게 유이카가 냉담한 시선을 보냈고 그런 금발 소녀에게 마오가 말을 걸었다.

"눈싸움은 나중에 하고 유이카도 스키 타보지 않을래? 내가 가르쳐줄게."

"정말요?"

"응. 나도 혼자 타는 건 쓸쓸하니까."

"감사합니다! 실은 살짝 흥미가 있었거든요."

몸치인 사유키는 썰매를 선택했고 유이카는 마오에게 배워 스키에 도전할 모양인 듯했다.

"나도 스키를 탈까? 미즈하는 어떻게 할래?"

"난 근처에서 눈사람이라도 만들까?"

"그게 뭐야? 좀 재미있을 것 같아."

혼자 묵묵히 작업할 수 있으니 마이 페이스인 미즈하에게 잘 어울렸다.

이러니저러니 해서 5명은 제각각 놀기 시작했다.

"오오, 이거 꽤 재미있어."

스키는 첫 도전인 케이키였지만 그렇게 높은 장소가 아니라면 흉내 내면서 탈 수 있다는 걸 알았기 때문에 산 중턱 근처부터 몇 번인가 타봤다.

바람을 가르며 경사면을 미끄러져 내려오는 건 꽤 상쾌해 버릇이 될 것 같았다.

다른 손님들과 섞여서 겨울 스포츠를 즐긴 후 일단 마무리를 하고 최초의 지점으로 돌아가자 똑같이 스키랑 스톡을 장비한 마오와 유이카가 다가왔다.

"오오—, 키류는 꽤 잘 타네."

"아, 요령을 파악하면 탈 수 있는 것 같아."

"유이카는 아직 좀 무서워요……."

"아직 제대로 타지 못하니까."

"난죠의 스키 교실은 고전하는 느낌?"

그렇게 묻자 유이카가 어색한 듯 답했다.

"마오 선배가 시범은 보여주는데……저기, 유이카에게는 레벨이 너무 높아서……."

"윽……면목 없어……."

"아—, 난죠는 아마 감각만으로 스키를 탈 테니까."

이론을 생각하지 않는 만큼 가르치는 건 잘 못하는 타입이었다.

마오에게 악의는 없겠지만 이대로라면 두 사람 다 스키를 즐기지 못하겠지.

"그럼 내가 선생님으로 교대할 테니까 난죠는 타고 와."
"그래도 되겠어?"
"그래, 마침 좀 쉬려고 했거든."
"그래? 그럼 미안하지만 부탁할게."
미안하다는 듯 사과하며 마오가 상급자 코스를 향해 올라갔다.
그 모습을 배웅한 후 케이키는 학생의 모습을 시야에 담았다.
"그럼 레슨을 시작해볼까?"
"잘 부탁드립니다. 케이키 선생님!"
의욕을 보이며 스톡을 쥔 채 유이카가 꽈악 양손으로 주먹을 쥐었다.
"우선 난죠에게 배운 건 잊어. 아마 참고가 안 될 거야."
"알겠어요. 유이카도 그런 것 같았어요."
"하루 만에 그렇게까지 탈 수 있게 되는 건 무리니까 오늘은 초심자 코스를 넘어지지 않고 내려오는 걸 목표로 하자."
"알겠어요."
"그럼 우선 기본이 되는 『팔자 자세』부터—."
일단 기본자세 강의부터 하기 위해 마오나 다른 사람들을 보고 배운 스키 타는 방법을 가르쳤다.
"유이카는 스키를 탈 때 직립 부동의 자세를 취하게 되니까 조금 더 중심을 낮춰야 해. 이런 느낌으로 허리를 내려 봐."

실제로 스키 탈 때를 이미지해서 보여주었다.

"이렇게요?"

"으—음……조금 더 이렇게—."

보다 실천적인 지도를 위해 제자 옆으로 이동해 그 허리에 손을 얹었다.

"꺄악?!"

"이런 느낌으로 조금 더 무릎을 굽히면 좋을 것 같아."

"아……아, 네……."

뭔가 불편한 듯 머뭇거리는 유이카였지만 케이키 선생님에게 들은 대로 착실하게 허리를 낮춰보았다.

"응, 괜찮은데. 그럼 이번에는 스톡 쥐는 방법을 배워보자."

중심의 위치를 확인한 후에는 등 뒤로 돌아가 스톡을 체크했다.

이번에는 뒤에서 끌어안듯 학생의 양손을 붙잡고 스톡을 올바로 다루는 방법을 전수했다.

"스키를 탈 때는 이런 식으로 스톡의 끝을 비스듬히 뒤로 해서—."

"……이, 이건 역시 너무 밀착한 것 같은데……서, 선배의 숨결이……읏?!"

"……응? 유이카?"

후배의 이변을 눈치채고 일단 지도를 중단했다.

그녀의 정면으로 돌아 들어가자 귀여운 볼이 사과처럼 빨갛게 물들어 있었다.

“괜찮아? 얼굴이 심상치 않을 정도로 빨간데.”

“케이키 선배 때문이잖아요!”

“뭐? 나?!”

“아까부터 거리감이 너무 가까워요! 자연스럽게 허리에 손을 두르고 뒤에서 끌어안고 목에 숨결이 닿아서 간지럽다고요!”

“아, 으응……미안…….”

배고픈 사자처럼 무섭고 사나운 얼굴에 쭈뼛쭈뼛 사과했다.

지도라고 해도 너무 허물없었는지도 모르겠다.

“아까 저쪽에서 다른 부모님이 이런 느낌으로 가르쳐주길래 참고했는데.”

“즉, 유이카를 어린애 취급해서 거리가 가까웠다는군요.”

“아…….”

완전한 실언이었지만 유이카는 그다지 기분 나쁘지도 않은 것처럼 손가락으로 머리카락을 빙글빙글 말아댔다.

“……하지만 뭐, 적극적으로 다가오는 선배도 나쁘진 않았어요……좀 놀랐지만 러브러브 커플 같아서 가슴도 두근거렸고…….”

“러브러브 커플?!”

확실히 맨투맨 스키 레슨은 커플처럼 보일지도 모르겠다.

그 이후 지도는 말과 몸짓만으로 하기로 결정하고 스키 교실을 재개.

다소 사고는 있었지만 지도 자체는 순조롭게 진행되어 유이카는 1시간 정도 만에 넘어지지 않을 정도까지 스키를 탈 수 있게 되었다.

후배의 코치를 끝내고 스키도 벗은 케이키가 좀 쉬려고 스키 센터를 찾았을 때 건물 근처 광장에서 스마트폰을 쥔 미즈하가 사진을 찍고 있었다.

피사체는 그녀가 만들었다고 여겨지는 눈사람 2개.

초등학교 저학년 정도의 크기로, 어디에선가 주워온 잔가지 등을 사용해 꽤 본격적인 작품으로 완성되어 있었다.

"안녕."

"아, 오빠."

"눈사람, 2개를 만들었네."

"사실은 1개만 만들 생각이었는데 혼자라면 쓸쓸할 것 같아서. 부부 같아서 보기 좋지?"

"그러네."

미즈하가 말한 대로 넓은 스키장에 하나뿐이라는 것도 좀 쓸쓸했다.

"하지만 부부라면 모처럼이니까 아이까지 만드는 것도 괜찮을 것 같아."

"아, 그거 좋은데."

무심코 내뱉은 제안은 금방 채용되었다.

스마트폰을 끄고 오빠 앞에 선 미즈하가 웃는 얼굴로 올려보았다.

"오빠도 도와줄래?"

"그래, 좋아."

"그럼 같이 아이를 만들까?"

"말투 좀!"

그 표현이 왠지 다른 의미로 들렸다.

"난 언제든 오케이야."

"눈사람 이야기잖아?!"

그 이후 둘이서 열심히 아이를 만들었다.

미즈하와 아이(눈사람)를 만든 후 스키 센터 안 화장실에 다녀온 케이키가 밖에 나오자 썰매를 끌고 온 사유키가 말을 걸었다.

"어머, 케이키. 쉬고 있었어?"

"네에, 사유키 선배는요?"

"난 계속 혼자 썰매를 즐겼어. 썰매 다루는 데에 꽤나 익숙해져서 좀 더 위에서 타보려고. 괜찮으면 케이키도 같이 탈래?"

"좋아요."

스키도 좋았지만 썰매도 재미있을 것 같았다.

그런 이유로 둘이 사이좋게 리프트에 앉아 밑에서 단숨에 위로 이동했다.

도착한 곳은 연습장에서도 위쪽에 해당하는 지점.

드문드문 보이는 손님들은 다들 스키나 스노보드를 타고 있었고 썰매를 끄는 건 케이키랑 사유키뿐이었다.

“오오, 역시 전망이 좋네요.”

“그러게. 꽤 높구나.”

“여기서 썰매를 타고 내려가도 괜찮을까요?”

“괜찮아. 자, 슬슬 가자.”

“옛썰.”

두 사람의 체격상 자연스럽게 사유키가 앞, 케이키가 뒤쪽 순서로 썰매에 올라탔다.

“꽉 잡아.”

“알겠어요.”

무슨 일이든 안전이 제일.

좌우에 있는 손잡이를 꽉 붙잡았다.

사유키도 썰매의 고삐를 붙잡자 두 사람을 태운 썰매가 눈 위를 달리기 시작했다.

승차감은 더할 나위 없이 좋았다. 썰매는 스타트 직후부터 꽤 빠른 속도로 코스를 미끄러져 내려갔다.

“오오, 이건 꽤 재미있네요.”

"그렇지?"
좁은 곳에서는 방향을 바꿀 수 없지만 스키와는 또 다른 즐거움이 있었다.
역시 아이들에게 인기 많은 아이템이었다.
"난 이렇게 자전거에 둘이 타는 시추에이션을 동경했었어."
"썰매랑 자전거는 많이 다르지 않나요?"
"그런가? 앞뒤로 나란히 앉는 부분은 비슷한 것 같은데."
"그런데 이거, 너무 빠르지 않아요?"
"글쎄. 너무 높이 올라왔나?"
"아니……슬슬 오른쪽으로 돌지 않으면 코스에서 벗어날 것 같은데……."
현재, 이 썰매는 꽤 빠른 스피드로 코스 왼쪽을 향하고 있었다.
이 너머는 경사면으로 된 덤불숲이었다.
"사유키 선배, 오른쪽! 오른쪽으로 꺾어야 해요!"
"꺾어? 썰매는 어떻게 꺾어야 하는데?"
"……네?"
믿을 수 없는 발언에 케이키의 얼굴이 공포로 물들었다.
"선배, 스톱, 스톱!! 멈춰요!"
"브레이크 거는 방법도 몰라!!"
"거짓말이죠?!"
유일한 구원은 코스 측면이 절벽은 아니라는 거겠지.

다만 그럭저럭 꽤 경사면으로 되어 있었기 때문에 위험하다는 건 변함없었다.

"으아아아아아아아아아아아아아아아아아앗?!"

"머, 멈춰어어어어어어어어어어어어!!"

필사의 간절함은 성취되지 못했고 두 사람을 태운 썰매는 무자비하게도 정규 코스에서 벗어나 덤불 속을 끝없이 미끄러져 내려갔다.

◇

두 사람 함께 성대한 코스 아웃을 해버린 후 눈에 덮인 숲 속에서 사유키랑 케이키가 느릿느릿 썰매에서 일어났다.

"죽는 줄 알았어……."

"진짜요……."

가능하면 두 번 다시 체험하고 싶지 않은 공포 체험이었다.

"사유키 선배, 다친 곳은 없어요?"

"괜찮아. 케이키는?"

"저도 괜찮은 것 같아요."

가볍게 몸을 움직여봤지만 문제는 없었다.

대신 두 사람을 태웠던 썰매는 여기저기 찌그러지고 말았다.

"꽤 많이 미끄러져 내려온 것 같은데."

“그러게요.”

둘이 나란히 자신들이 떨어진 장소를 올려다보았다.

아주 험한 낭떠러지 정도는 아니었지만 꽤 급격한 비탈이었다.

“여길 올라가는 건 어려울 것 같네.”

“확실히…….”

도중에 발을 헛디디기라도 하면 이번에야말로 위험할지도 모른다.

“그럼 길을 돌아서 스키장으로 돌아갈까요?”

“그렇게 할 수밖에 없겠네.”

숲속을 걷게 되겠지만 무리하게 여길 올라가는 것보다 위험성은 적겠지.

“썰매는 어떻게 할까요?”

“놔두고 가자. 긴급 사태니까 스태프한테 사정을 설명하면 돼.”

“알겠어요.”

그렇게 두 사람은 스키 센터를 목표로 걷기 시작했다.

연습장 위쪽까지 와버리긴 했지만 거리는 그렇게 멀지 않을 테고 금방 돌아갈 수 있을 거라고 생각했다.

하지만 걷기 시작하고 불과 몇 분 만에 그 생각이 안일했다는 것을 뼈저리게 깨달았다.

구석구석 제설이 된 스키장과는 달리 숲속은 내린 눈이

그대로 쌓여 있었다.

장소에 따라서는 무릎 위쪽까지 파묻혀버리는 곳도 있었고 익숙하지 않은 산행에 고작 이동하는 것만으로도 체력과 시간을 소비했다.

"사유키 선배, 거긴 깊으니까 조심하세요."

"으응, 고마워."

체격이 큰 케이키가 앞서 걸으며 길을 만들고 그 뒤를 사유키가 뒤따랐다.

썰매를 두고 오길 잘했다.

이렇게 길이 없는 길을 짐을 끌면서 걸을 순 없었다.

그런 생각을 하고 있을 때였다.

"우와, 눈까지 내리잖아……."

"거짓말……."

방금까지 맑았던 하늘이 두꺼운 구름으로 뒤덮였고 거짓말처럼 어두워지더니 팔랑팔랑 굵은 눈이 내리기 시작했다.

"역시 설산. 바람기 있는 남편처럼 날씨가 시시각각 변하는구나."

"따로 예를 들 만한 이야기가 없었어요?"

아니, 지금은 그런 건 아무래도 상관없었다.

생각보다 많이 내리는 눈을 노려보면서 케이키는 중얼거렸다.

"이건 본격적으로 큰일 났을지도 모르겠어……."

그 몇 분 후, 안 좋은 예감은 적중했다.

이동 도중 날씨가 급변했고 눈보라라고 해도 좋을 정도로 거칠어졌다.

바람이 몹시 거칠게 불고 태양빛이 닿지 않게 되면서 기온도 급격하게 내려가고 말았다.

하지만 최대의 문제는 바람도 추위도 아닌 그칠 기미가 없는 맹렬한 눈이었다.

세차게 내리치듯 내리는 눈 때문에 시야가 좁아졌고 스키장 방향을 알 수 없게 되고 말았다.

"……."

"……."

맹렬한 눈보라 속에서 한 쌍의 남녀가 망연자실한 모습으로 우뚝 서 있었다.

"케이키……."

"사유키 선배……."

"설마 이게—"

"네에, 그 전설의—"

""설산 조난 이벤트?!""

설명하지. 설산 조난이라는 건 그 이름 그대로 설산에서 조난을 당한다는 비교적 절체절명의 시추에이션을 가리킨다.

만화나 드라마 등에서 자주 볼 수 있는 전개였지만 설마 현실에서 일어날 줄은 몰랐다.

"아아앗?! 어, 어쩌지?! 어떻게 해야 해?!"

"일단 진정해요! 이럴 때는 우선 연락을 해야죠!"

"그, 그래! 우리에게는 스마트폰이라는 문명의 이기가 있으니까!"

그래, 이럴 때 패닉에 빠져선 안 된다. 촉박해진 상황 아래에서는 과도한 불안이나 초조함이 판단력을 흐리게 만들어 스스로 목을 조르는 결과로 이어지기 때문이다.

긴급사태이기 때문에 더 냉정한 대응을.

지금은 의지할 수 있는 동료에게 연락을 취해 구조를 요청하는 게 정답이겠지.

"아……."

"왜 그래요?"

"난 잃어버리면 안 될 것 같아서 스마트폰을 방에 두고 왔는데……."

"앗, 나도 그런데?!"

스키장에서 떨어뜨리면 안 될 것 같아 산장 방에 짐을 놔둘 때 침대 위에 내버려 두고 온 것이다.

"……나 때문이지? 내가 흥분해서 위쪽에서 타자고 말하는 바람에."

"아뇨, 위험할 것 같았는데 말리지 못한 저에게도 죄는 있어요."

"하지만……."

"지금은 그것보다 무사히 돌아가는 것만 생각해요."

"……그래."

스스로를 책망해봤자 상황은 개선되지 않는다.

나약해지기 시작한 사유키가 고개를 들어줘서 안심했다.

(말은 그렇게 했지만 이 눈보라 속에선 앞도 제대로 안 보이는데…….)

여긴 설산, 만약 절벽인 걸 모르고 발을 잘못 딛기라도 하면 인생이 끝난다.

목적지를 놓친 지금, 섣불리 움직이면 돌이킬 수 없는 일이 벌어질지도 모른다.

적어도 눈을 피할 장소가 있으면 좋을 텐데—.

"케이키, 잠깐만!"

"왜요?"

"저쪽에 건물이 있어!"

"네?"

사유키가 가리킨 쪽을 확인해보니 흐릿한 시야 속에 검은 그림자가 보였다.

눈보라 때문에 확실하게 보이진 않았지만 직선적인 형태와 크기로 볼 때 지붕이 덮인 인공물인 건 알 수 있었다.

"공을 세웠네요, 사유키 선배! 어서 가보죠!"

"그래!"
절망적인 상황에서 비친 한 줄기 빛.
서둘러 현장으로 향하자 전모를 나타낸 것은 목조 오두막집이었다.
오두막집이라고 해도 그냥 지낼 수 있을 만한 크기로 창도 있고 피난 장소로서는 부족함이 없었다.
"실례합니다! 아무도 없어요?!"
문을 두들기며 소리를 질러 봐도 반응은 없었다.
아무래도 사람이 없는 듯했다.
"아무도 없는 것 같은데 눈보라가 그칠 때까지 여기서 쉬도록 하죠."
그렇게 말하며 문 앞에 쌓인 눈을 손으로 털어냈다.
"도와줄게."
둘이 문을 개폐할 수 있을 정도까지 눈을 치우고 케이키가 문손잡이를 잡고 돌리자 끼기긱 소리를 내며 문이 열렸다.
서둘러 안으로 미끄러져 들어가 눈이 들어오기 전에 다시 문을 닫았다.
"하아, 살았다……."
"문이 안 잠겨있어서 다행이야."
"멋대로 들어왔는데 나중에 혼나진 않을까요."
"긴급 사태였는걸. 용서해줄 거야."
"일단 눈이 그칠 때까지는 여기서 대기해요. 뭔가 몸을 녹일 만한 게 있었으면 좋겠는데……."

"어렵겠지. 여긴 아마 창고일 테니까."

"그렇겠죠……."

오두막집 안은 명백하게 주거용 공간은 아니었고 창고 같은 분위기였다.

바닥은 콘크리트가 그대로 드러나 있었고 다다미 8장 정도의 공간에 큰 철제 선반이 놓여 있었고 처음 보는 공구부터 눈을 치우기 위한 도구, 장작 등 다양한 물건이 놓여 있었다.

거주를 고려하지 않았을 테니 단열재 등도 들어있지 않겠지.

눈보라를 피하게 된 건 고맙지만 숨이 하얗게 될 정도의 낮은 기온이 뼛속까지 느껴졌다.

게다가—.

"큰일이네. 눈 때문에 옷이 축축해졌어……."

"저도 그래요……."

눈보라 속을 걸어온 탓에 옷 안까지 물이 스며들어 있었다.

모자랑 장갑도 마찬가지라 축축해진 천이 두 사람의 체온을 계속 빼앗아가고 있었다.

이건 굉장히 심각한 상황이었다.

설산에서 젖은 옷을 입고 있는 게 얼마나 위험한지는 이제 와서 생각할 것까지도 없었다.

"이대로라면 우린 동사할 거야."

"난방 기구는 무리라도 수건이나 옷은 있을지도 몰라요. 어쨌든 찾아봐요."

그렇게 둘이 수색을 개시해봤지만 목표로 하는 물건은 찾을 수 없었다.

난로가 없으니 성냥 하나도 없었고 당연히 의복류도 보이지 않았다.

"몸을 녹일 만한 물건은 아무것도 없네……."

"앗, 이쪽 선반 안쪽에 모포가 있어요!"

"뭐? 정말?!"

"네, 하지만……."

케이키가 발견한 모포를 보면서 말했다.

"있는 건 이거 한 장뿐이에요."

"……."

그 선고에 사유키는 말을 잃었다.

모포는 한 장.

하지만 그걸 필요로 하는 인간은 두 명.

무언가를 시험당하고 있다고밖에 생각할 수 없는 상황에서 흑발의 소녀가 조용히 입을 열었다.

"저기, 케이키……."

"네……."

"내가 이 상황에서 살아남을 방법을 딱 하나 아는데……."

"우연이네요, 저도 그래요……."

이대로 젖은 옷을 입고 있으면 멀지 않은 미래에 동사할 것이다.

케이키가 발견한 모포가 있다면 옷을 벗어도 체온을 보존할 수 있겠지만 그 보조 아이템이 한 장밖에 없다는 건—.

"즉, 저기……두 사람이 알몸으로 서로 체온을 나누는 방법인데……."

"……."

부끄러운 듯 내뱉은 그 대사에 케이키는 흥분이 멈추지 않았다.

"……부끄러우니까 너무 자세히 안 봤으면 좋겠어."

"그야 물론이죠."

"오늘 속옷은 귀엽지 않거든."

"부끄러운 게 그것 때문이었어요?!"

아이템 획득으로부터 몇 분 후, 케이키와 사유키 두 사람은 한 장의 모포를 공유해 벽 쪽으로 몸을 맞대고 주저앉아 있었다.

참고로 모포 안은 두 사람 다 속옷 한 장뿐.

정말로 알몸으로 체온을 나누고 있는 상태였다.

"따뜻하네."

"그러네요."

"하지만 역시 부끄러워……."

"그러게요……."

"속옷이 무사했던 게 유일한 위안이었지."

"역시 그게 없었으면 내 이성이 버티지 못했을 거예요."

젖은 게 겉옷뿐이라 정말 다행이었다.

아니, 지금 이 상황도 꽤 이성적으로 위험한 건 다름없었지만…….

"뭐, 하지만 전에도 알몸으로 끌어안은 적이 있었고 이 정도는 아무것도 아니지."

"네? 그런 일이 있었나요?"

"여름방학 때 다 같이 수영장에 갔을 때. 내가 파도 풀장에서 비키니를 잃어버려서 케이키가 감싸줬잖아."

"아아, 기억났어요."

그때는 갑작스러운 일로 사유키가 패닉에 빠졌고 노출된 그녀의 몸을 다른 사람에게 보여주기 싫어서 순식간에 끌어안았었다.

"지금 생각하면 제가 터무니없는 짓을 저질렀네요."

"하지만 난 기뻤어."

케이키 옆에서 정말 기쁜 듯 그녀가 웃었다.

"케이키는 항상 날 지켜주는걸. 오늘도 그래. 불안해서 침착하지 못했던 날 계속 이끌어주고……케이키의 그런 모습이 연하인데도 굉장히 믿음직스러워."

"그, 그렇군요……."

직설적으로 들으니 좀 쑥스러웠다.

어떻게 해야 좋을지 알 수가 없었다.

"후훗. 역시 난 케이키가 정말 좋아."

"네? ……사, 사유키 선배?!"

케이키의 어깨에 사유키가 응석 부리듯 머리를 기댔다.

다시 이성의 위기를 맞이한 후배에게 그녀가 말했다.

"매일 잠들기 전에 항상 상상해. 케이키랑 보내는 미래를. 지금뿐만 아니라 언제까지나 너랑 함께 있을 수 있다면 분명 굉장히 즐겁겠지, 하고."

"사유키 선배……."

"난 마조니까 폭군인 남자에게 난폭하게 다뤄지는 게 좋지만……케이키와 함께라면 분명 평범한 연인 사이라 해도 행복할 거야."

"……."

그 말에 아무 말도 할 수 없었다.

그녀가 그렇게까지 좋아해주고 있을 줄은 몰랐으니까.

(또야…….)

기쁨과 동시에 왠지 다시 그 가슴속 통증에 사로잡혔다.

(유이카 때랑 똑같아…….)

사유키의 말을 기쁘게 생각하는 자신 뒤에, 그 말을 순순히 받아들이지 못하는 자신이 있었다.

(평범한 여자가 되겠다고 말해주는 사유키 선배는 굉장히 매력적인데도 왠지 답답해…….)

답답하고 굉장히 가슴이 괴롭고…….

그녀들이 호의를 보여줄 때마다 그녀들에게 끌릴 때마다 가슴속에서 소용돌이치는 정체불명의 감정.

그 감정이 고백의 대답을 낼 수 없는 원인인 것 같은데.

(어쩌면 난 두 사람이 평범한 여자가 되는 걸 원치 않는 걸까?)

그건 지금까지의 전제를 근본부터 뒤엎는 가설.

바보 같은 생각인데도 한번 떠오른 가설은 계속 머릿속에서 사라지지 않았는데—

"—케이키 선배! 마녀 선배! 무사해요?!"

"……응?"

오두막집 문을 호쾌하게 열어젖히고 달려온 유이카에 의해 중단되었다.

"앗, 찾았다! 찾았어요, 마오 선배! 미즈하 선배!"

금발 후배가 밖을 향해 소리를 지르자 금방 마오랑 미즈하도 달려왔다.

"아, 정말이다. 두 사람 다 있네."

"다행이다……."

행방불명자를 발견한 후 스키복 차림의 두 사람이 안도의 한숨을 내쉬었다.

이대로 감동의 재회—가 된다면 미담이었겠지만 오두막 속에서 벌어진 묵인할 수 없는 광경에 유이카가 차가운 시선을 케이키와 사유키에게 보냈다.

"……아니, 두 사람 다 그 차림은 대체 뭐예요?"

"아……."

케이키와 사유키는 현재, 거의 알몸 상태였다.

모포로 휩싸고 있다고 해도 보면 그냥 알게 된다.

두 사람 곁에는 벗어 던진 옷이 접혀 있었으니 이미 얼버무릴 수 없었다.

"갑자기 사라져서 걱정돼서 와봤더니……둘이서! 알몸으로! 한 장의 모포를 공유하다니! 너무 파렴치해요!"

"오해야!"

"긴급 사태였어. 두 사람 다 눈보라 때문에 옷이 젖었으니까."

"흐음……."

"뭐, 하지만 부수입이 있었던 건 부정하지 않을게."

"마녀 선배는 정말 변태예요!"

상급생 두 사람에 의한 파렴치한 행위에 사나워진 유이카.

그런 후배에게 케이키가 물었다.

"하지만 용케 눈보라 속에서 여기까지 찾아왔네."

"무슨 소리예요? 이미 눈은 그쳤어요."

"뭐? 거짓말?!"

창밖을 확인하니 방금까지 심한 눈보라가 거짓말처럼 태양이 빛나고 있었다.

"산속에서 날씨가 변덕스러운 것도 정도가 있지……."

깜짝 놀라는 케이키 옆에서 이번에는 사유키가 의문을 표했다.

"그런데 어떻게 코가는 여길 찾아왔어?"

"그야말로 우문이에요. 눈이 그쳐서 산장으로 돌아와 보니 밖에 두 사람 몫의 발자국이 있었으니까요. 찾을 것까지도 없었어요."

"뭐? 산장?"

"무슨 소리야?"

"무슨 말이냐니—여긴 오오토리 선배의 산장 바로 뒤예요."

""뭐라고?!""

그 이후 부원들이 갈아입을 옷을 갖고 왔고 밖으로 나와서 알게 된 일인데—.

케이키와 사유키가 뛰어 들어온 오두막집은 숙박 장소인 산장과 엎드리면 코 닿을 곳, 고작 수십 미터 떨어진 위치에 있었다.

부원들에게 구조된 지 30분 후, 거실 석유 난로 앞을 차

지한 케이키가 몸을 녹이고 있자 목욕을 마친 사유키가 돌아왔다.

"후우, 역시 조난 후의 목욕은 최고야."

"산장에서 십몇 미터 떨어진 장소였으니 조난도 뭣도 아니었지만요."

"다른 애들은?"

"식재료를 조달하러 갔어요. 조금만 걸어가면 슈퍼가 있대요."

"그래? ―아, 맞다. 욕실 비었으니까 너도 씻어."

"네―에."

"먼저 씻게 해줘서 고마워."

"레이디 퍼스트니까요."

거실을 나온 케이키는 일단 2층 침실로 돌아가 갈아입을 옷을 갖고 탈의실로 향했다.

나무 향이 감도는 세련된 공간에서 상의와 셔츠를 벗고 세면대에서 벗은 상반신의 자신을 보다 오두막집에서의 일을 떠올리고 말았다.

"사유키 선배, 아름다웠어……."

부드러운 살결이라든가 달콤한 냄새라든가 희미한 숨결이 선명하게 재생되었다.

"……안 돼, 안 돼."

머릿속에 떠오른 번뇌를 떨쳐냈다.

이 이상 생각하면 사유키의 얼굴을 볼 수 없게 되겠지.

어쨌든 얼른 욕실로 들어가자—.

그렇게 판단하고 바지와 트렁크 속옷을 벗어던진 케이키는 허둥지둥 욕실 문을 열었다.

"오오, 꽤나 넓네."

산장 욕실은 훌륭했다.

일반적인 가정의 2배 이상으로 넓었고 욕조도 넓어서 여자 4명 정도라면 여유롭게 함께 들어갈 수 있을 것 같았다.

비치된 샴푸로 잽싸게 머리를 감고 몸도 깔끔하게 씻은 다음 욕조에 몸을 담갔다.

유백색 입욕제가 투입되자 우유 같은 달콤한 향기가 차분하게 만들어주었다.

"하아~겨우 되살아났어~."

조난 사건으로 너무 힘들었다.

따뜻한 물이 너무 기분 좋아서 잠들 것 같았다.

"그러고 보니 저녁엔 뭘 만들려나?"

"저녁이라면 오늘 밤엔 파에야를 만들 생각인데."

"아아, 그렇구나. 좋은데, 파에야……."

……응?

"그럼 잠깐 실례할게요~."

"……아니, 뭐야!? 미즈하?!"

갑자기 욕실 문을 열고 들어온 건 미즈하였다.

게다가 당연한 듯 알몸으로.
일단 핸드타월로 앞부분을 가리고 있었지만 완전무결한 전라였다.
"아니, 잠깐만?!"
"응?"
"지금! 오빠가! 목욕 중인데요?!"
"응. 알아. 알고 왔습니다."
"설마 확신범?!"
영문을 모르겠다.
자신의 집이라면 몰라도—아니, 자신의 집에서도 이상하지만—동아리 친구들도 온 합숙에서 오빠가 있는 욕실에 난입하다니, 아무리 미즈하라고 해도 굉장한 모험이었다.
"장을 보고 왔더니 오빠가 목욕한다길래, 같이 씻으려고."
"아니, 그건 아니지."
"그렇게 말해도 돼? 내가 좀 큰 소리를 내면 모두가 달려올 텐데."
"뭐야, 그 협박은?!"
그런 나쁜 짓을 어디서 배운 건지.
"그러니까 내가 씻을 때까지 기다려."
"……나, 먼저 나가도 돼?"
"뭐? 뭐라고 했어?"
"먼저 나가도 되냐고."

"응? 뭐라고?"

"난청 계열의 주인공?!"

아무래도 오기로라도 먼저 내보내 줄 생각은 없는 듯했다.

(……대체 뭐야?)

어쨌든 최대한 보지 않으려고 여동생에게서 등을 돌렸다.

이걸로 미즈하의 알몸을 보게 될 위험은 사라졌지만…….

(이번에는 샤워 소리가 너무 생생해…….)

물소리에 섞여 머리를 감는 소리, 몸을 씻는 소리가 다짜고짜 귀를 간질였다.

시야를 차단한 만큼, 쓸데없이 그 광경을 상상하게 되는, 뭐라고 할 수 없는 기분이 들었다.

마음속으로 '미즈하는 여동생……미즈하는 여동생……'이라고 계속 외고 있자 머지않아 샤워 소리가 끊어지고 준비를 마친 미즈하가 욕조 쪽으로 다가왔다.

그리고 오빠와는 반대편으로 천천히 몸을 욕조에 담갔다.

"……하아, 기분 좋지?"

"그, 그러네요?"

"왜 외면해?"

"아니, 최대한 안 보려고……."

"그냥 봐도 되는데. 이미 어깨까지 몸을 담갔고, 입욕제가 있어서 안 보여."

"……."

미즈하의 재촉에 몸을 정면으로 돌렸다.

본인이 말한 대로 그녀는 어깨까지 욕조에 몸을 푹 담그고 있었다.

“후훗, 드디어 봐줬다.”

“……미즈하?”

여동생이 보여준 미소에 강렬한 위화감을 느꼈다.

평소처럼 마음이 놓이는 미소가 아니라 억지로 꾸민 듯한 엉성한 표정으로 보였다.

“왜 그래? 지금 미즈하, 왠지 좀 이상한데?”

“이상해? ……그래. 아마 난 지금 굉장히 이상할 거야.”

가면 같은 미소를 벗기자 그곳에 남은 건 미아가 된 듯한 눈을 가진 여자아이였다.

“저기, 오빠? 나 말이야, 오늘 엄청 무서웠어.”

“무서웠어?”

“스키장에 갔는데 갑자기 날씨가 나빠져서 마오랑 유이카랑 건물 안으로 피했는데 아무리 기다려도 오빠랑 사유키 선배가 돌아오질 않잖아……어쩌면 조난된 건 아닌지 걱정이 돼서……마오가 어쨌든 산장에 가보자고 했는데…….”

기억을 덧그리듯 말을 이어가며 미즈하가 자신의 어깨를 꽉 끌어안았다.

“여기로 향하는 동안 정말 무서웠어……오빠가……오빠까지 내 앞에서 사라지는 건 아닌가 해서…….”

“미즈하, 너…….”
그녀는 울고 있었다.
좀처럼 울지 않는 여동생이 연약한 어깨를 떨면서 눈물을 뚝뚝 흘리고 있었다.
그렇게 우는 얼굴을 본 순간, 자신이 돌이킬 수 없는 실수를 저질렀다는 사실을 깨달았다.
(난 바보인가…….)
미즈하는 어릴 때 친부모님을 사고로 잃었다.
소중한 사람이 영원히 돌아오지 않는 슬픔을 그녀는 과거에 맛보았다.
그 사실을 알면서 소중한 가족을 잃는 공포를 다른 누구도 아닌 자신이 떠올리게 하고 말았다.
“윽, 미즈하—!!”
“윽?!”
정신을 차려보니 참지 못하고 그녀를 끌어안고 있었다.
“걱정 끼쳐서……미안해…….”
“아…….”
여기가 욕실이고 서로 알몸이라는 건 이제 아무래도 상관없었다.
그저 이렇게 하지 않으면 이 아이가 망가질 것 같은 기분이 들었으니까.
“난 괜찮으니까……절대로 사라지지 않을 테니까……그

러니까 이제 안 울어도 돼."

"……오빠."

"미안, 미즈하."

"……응."

품속에서 안심한 듯 미즈하가 힘을 풀었다.

"오빠랑 사유키 선배가 무사해서 정말 다행이야……."

아마 미즈하는 케이키와 사유키를 발견한 후로도 계속 불안했겠지.

또 사라지진 않을지 걱정돼서 욕실로 확인하러 올 정도로.

이 아이가 안심할 때까지 이렇게 있자.

울어버리고 말 정도로 불안하게 만든 최소한의 보상이었다.

귀여운 여동생을 끌어안은 채 그런 생각을 하고 있을 때였다.

"케이키……."

"케이키 선배……."

"키류……."

"응?! 다들?!"

어느새 욕실 문이 열리고.

사유키, 유이카, 마오 세 사람이 다 모여 있었다.

"여동생이랑 같이 욕실에 들어가서 전라인 여동생을 안고 있다니……일찍이 이런 위험한 현장이 있었나?"

"생각해 봤는데요, 서예부에서 가장 변태인 건 케이키 선배 아닐까요?"
"이건 역시 시스콘의 영역을 뛰어넘었다고 생각해."
"아니, 잠깐만! 이건 오해야!"
사회적인 사망조차 각오할 정도의 중대 국면.
미즈하와 떨어져 오해를 풀려는 용의자를 사유키가 다 안다는 얼굴로 제지했다.
"변명은 됐어. 어차피 미즈하가 미인계라도 썼겠지. 화장실에 간다고 한 이후 돌아오질 않더니만 설마 이렇게 선수를 치고 있을 줄이야."
"미안해요. 오빠를 유혹해보려고 했어요."
"미즈하도 무슨 소릴 하는 거야?!"
"아, 하지만, 오빠가 먼저 날 꽉 안아줬어요."
"잠깐?!"
""""……""""
그 순간 세 사람의 시선이 눈보라보다 차가워졌다.
하는 말이 사실인 만큼 더욱더 질이 나빴다.
"……저기, 케이키?"
"네."
"아무리 시스콘, 브라콘 콤비라고 해도 같이 욕실에 들어올 나이는 이미 지나지 않았어?"
"지당하신 말씀이십니다."

그에 대해서는 아무 반론도 할 수 없었다.
그 이후, 모두의 오해를 푸는 데 꽤 많은 시간을 써야 했다.

미즈하 셰프가 만든 호화로운 저녁을 먹고 거실에서 가볍게 카드 게임을 하며 대화를 나눈 후, 누군가에게서 흘러나온 하품을 계기로 5명은 각자의 침실로 돌아갔다.

침실은 3개였기 때문에 여름 합숙 때처럼 방을 배당해서 남자인 케이키가 1인실, 나머지를 사유키와 유이카 견원 콤비, 미즈하와 마오 2학년 콤비로 나눈 형태였다.

불을 끈 방에서 침대에 드러누워 멍하니 천정을 바라보며 케이키는 오늘 일어난 일을 돌아보았다.

"결국 대답을 고민할 겨를도 없었네……."

사유키와의 조난 사건이나.

미즈하의 욕실 난입 사건이나.

이런 요란스러운 상황 속에서 어떻게 고백에 대한 답을 생각할 수 있겠어.

"……응?"

어쩐지 잠들지 못한 채 맞이한 밤 12시경, 머리맡에서 갑자기 스마트폰이 울렸다.

드러누운 채로 느릿느릿한 동작으로 손에 들고 화면을 확인해보니 1건의 메시지가 와 있었다.

"난죠?"

발신인은 난죠 마오로 내용은『베란다로 나올 수 있어?』였다.

“이런 시간에 무슨 일이지?”

용건은 쓰여 있지 않았지만 어차피 잠들지 못한 상태.

의문을 품으면서도 파카를 걸치고 방을 나온 케이키는 베란다로 향했다.

복도를 걸어 밖으로 이어지는 문을 열자 그곳에는 머리를 풀고 파자마 위에 카디건을 겹쳐 입은 마오가 서 있었다.

그녀는 이쪽을 알아차리고 ‘왔어?’라고 친밀하게 손을 들었다.

“다행이다. 아직 안 잤네.”

“으응, 왠지 잠이 안 와서. ……미즈하 상태는 어땠어?”

“응, 침대에 들어오자마자 잠들었어.”

“그래……?”

“어지간히 충격이었겠지. 키류랑 사유키 선배가 조난된 게.”

“그런 것 같아…….”

“너무 미즈하를 걱정시키지 마.”

“알아. 정말 반성하고 있어.”

이번에는 운이 좋았을 뿐.

경우에 따라서는 정말 조난당한다 해도 이상하지 않은 상황이었다.

만약 입장을 바꿔서 미즈하가 설산에서 행방불명이 된다

면 생각만 해도 오싹했다.

"뭐, 누가 잘못한 것도 아니고, 너무 신경 써봤자 별수 없겠지만."

"그래, 고마워."

"뭐, 키류랑 나 사이니까."

우스갯소리를 하듯 마오가 말했다.

그 말에 조금은 구원받은 것 같았다.

"그러고 보니 무슨 일이 있어서 부른 거 아니야?"

"아아, 그거 말이지……."

허물없는 친구의 태도에서 180도 바뀌어 뭔가 머뭇거리기 시작한 동급생.

"키류한테 보여주고 싶은 게 있어서……."

"보여주고 싶은 거?"

"이거……."

마오가 내민 건 그녀의 스마트폰이었다.

밤하늘 아래 빛을 발하는 화면에 담긴 건 낯익은 잡지 표지.

"오늘 드디어 나왔어, 내가 그린 단편이 실린 잡지."

"뭐? 진짜?"

"이건 전자책이지만. 종이 잡지는 못 갖고 왔어."

"괜찮아. 돌아가면 서점에서 살 거니까."

"고마워."

"여기에 실린 게 그때 그 만화 맞지?"

"그래. 내가 그릴 수 없게 됐을 때, 키류가 협력해준 만화."

그건 분명 구기대회가 끝난 후의 일이었던가.

마오는 잡지에 실린 첫 상업 작품이 엉망으로 혹평을 받아 그 충격으로 슬럼프에 빠진 일이 있었다.

그래서 케이키가 취재에 협력했고 호텔에 묵으면서 새 콘티를 완성했었다.

"그 이후 편집 담당자가 몇 번이나 수정했지만. 덕분에 꽤 시간이 걸렸지."

"그렇구나."

"하지만 즐거웠어. 고칠 때마다 재미있어졌고. 너무 집착하는 바람에 원고 마감 시간에 아슬아슬했지만."

"아아, 그래서 요즘 바빴던 거야?"

BL책과 관계된 이벤트뿐만 아니라 그것과 병행해서 단편 작품 원고 작업도 진행해 수면 부족이었던 것이다.

"벌써 여러 가지로 리뷰가 나와서 방금까지 읽다 왔는데."

"어땠어?"

"흐흥, 어땠을 것 같아?"

그 불길한 미소를 보는 것만으로도 결과는 알 수 있었다.

"아주 괜찮아. 원고를 보여줬을 때 편집 담당자도 굉장히 칭찬해서 걱정은 안 했지만. 이 상태라면 잡지 연재도 꿈이 아닐지도 몰라."

"진짜?"

"응, 진짜. 전부 키류 덕분이야."
"나?"
"키류가 격려해줘서 이런 결과가 나왔는걸. 그때는 정말 끝이라고 생각했는데 계속 그리길 잘했어."
"그래……?"
"그러니까 고마워. 난 키류랑 만나서 다행이라고 생각해."
"으, 응……."
좀처럼 보여주지 않는 천진난만한 미소에 부지불식간에 가슴이 두근거렸다.
대단한 일을 한 것도 아니고 마오가 성공한 건 그녀 자신의 힘이라고 생각한다.
하지만 조금이라도 그녀에게 힘이 됐다면 기쁠 것 같았다.
"만약 내가 연재 작가가 되면 단행본, 100권 정도는 사줘."
"너무 성급한 거 아니야? ……하지만 뭐, 나오면 꼭 살게."
분명 그녀라면 될 수 있을 것 같았다.
재능도 재능이지만 필사적으로 노력하는 것도 알고 있다.
그런데도 성공하지 못한다면 그건 거짓말이겠지.
"아, 하지만, 물론 BL 작가도 계속할 거야. 그걸 위해서라도 키류는 아키야마와 마구 꽁냥대야 해."
"그건 미안, 거절할게."
모처럼 시작한 진지한 이야기가 엉망이 됐다.
하지만 마오가 평소처럼 변태라 왠지 안심이 됐다.

(……응? 왜 내가 안심한 거지?)

변태를 보고 안심하다니, 제정신이 아니었다.

자신의 머릿속에서 싹튼 작은 의문.

그건 금방 팽창했고 강렬한 위화감으로 모습을 바꿨다.

(유이카랑 사유키 선배가 변태를 관둔다고 했을 때는 가슴이 답답했는데, BL 취미를 관철한 난죠를 보고 안심하다니…….)

그런 건 완전 모순이었다.

(아니, 애초에 처음부터 이상했어. 변태 소녀의 갱생을 바라고 있었는데 도S를 봉인한 유이카를 받아들일 수 없었던 시점에서.)

그녀들의 마음이 기뻤던 것은 사실이었다.

평범한 여자가 되겠다고 말해줬을 때 품었던 달콤한 감정도 진짜였다.

(하지만 그럼 왜 난 선택하지 못했지?)

왜 대답을 내리는 것을 망설였지?

왜 이렇게까지 결론을 내리는 걸 거부하지?

그 이유를 이제 곧 파악할 수 있을 것 같았다.

조금만 더, 아주 약간의 계기만 있다면—.

"……있잖아, 난죠?"

"왜?"

"난죠는 만약 좋아하는 상대가 자신의 취미를 인정해주지 않지만 그래도 상대를 포기할 수 없을 때, 그 사람을 위해 자신이 좋아하는 걸 포기할 수 있어?"

"뭐? 그게 대체 무슨 소리야?"

"됐으니까 대답해봐."

"뭐어—? 으—음……."

그녀는 잠시 생각한 후 진지한 얼굴로 돌아보았다.

"있잖아? 전에 다 같이 바다에 갔을 때도 이런 식으로 둘이 별을 봤잖아?"

"그래, 여름 합숙 때."

"왠지 굉장히 예전 일처럼 느껴져. 실제로는 반년도 안 지났는데."

"그러고 보니 그때는 사유키 선배의 초콜릿 때문에—."

"잠깐, 키류, 그 이상은 안 돼."

"……그랬지."

술이 들어간 그 초콜릿 때문에 일어난 비극은 없었던 일로 하기로 했었다.

이제 와서 다시 문제 삼는 건 룰 위반이었다.

"아니, 그때 내가 BL책 그리는 걸 관두면 어쩌고저쩌고 이야기한 적 있잖아?"

"아아, 그러고 보니……."

그런 말을 했던 것 같다.

BL책 그리는 걸 관두면 좋아해줄래—같은 느낌으로.

"이제 농담으로도 그런 말은 안 해. BL은 나의 전부니까. 너무 좋아서 참을 수 없는, 내가 살아가는 의미니까."

투명한 별이 반짝이는 밤하늘 아래에서 자신감에 가득 찬 미소를 보여주며 그녀가 말을 건넸다.

"그러니까 좋아하는 남자 때문에는, 절대로 관두지 않을 거야!"

"……."

그 말은 별똥별처럼 선명하고 강렬하게 가슴속에 떨어졌다.

자신을 바꿀 필요는 없다.

좋아하는 걸 포기할 필요는 없다.

단순명쾌한 마오의 대사가 자신을 얽매고 있던 쇠사슬을 부수고 나아가지 못했던 등을 슥 밀어주는 것 같았다.

"아아, 드디어 알았다……."

그녀의 이야기를 듣고 지금까지와 다른 시점을 얻으면서 모든 끈이 이어졌다.

유이카와 사유키의 고백에 대답을 못 했던 이유도.

계속 가슴속에 맺혀 있던 답답한 마음의 정체도.

크리스마스이브 밤부터 굉장히 멀리 돌아오고 말았지만.

대답을 내리기 위한 마지막 피스가 지금 드디어 채워졌다.

◇

그다음 주 월요일 아침, 침대에서 일어난 케이키는 한 통의 문자를 송신했다.

고민 끝에 짧게 정리된 『오늘 방과 후, 도서실 서고로 와 줘』라는 문장을.

크리스마스이브 날 고백해준 후배에게.

…에필로그…

그날 방과 후, 교실을 나온 케이키는 예정대로 도서실로 향했다.

안에는 읽지 않게 된 오래된 책이 쌓인 먼지 냄새가 나는 서고가 있다. 거기로 들어가 창문 밖을 바라보며 잠시 기다렸더니 문을 열고 유이카가 들어왔다.

"오래 기다리셨어요?"

"아니, 나도 지금 막 왔어."

"다행이네요."

살짝 미소 지으며 그녀가 한쪽 손으로 치마 옷자락을 꽉 잡았다.

"그래서 오늘은……."

"으응, 드디어 답이 나와서 부른 거야. 지금까지 기다리게 해서 미안해."

"정말요. 까먹은 줄 알았어요."

책망하듯 후배가 입술을 삐죽거렸다.

어쩔 수 없는 반응이라고 생각한다.

한 달 동안 계속 대답을 보류하고 있었으니까.

하지만 그 유예 덕분에 자신의 마음과 마주할 수 있었다.

"대답, 들려주실래요?"

"그래……."

정면을 바라보며 다시 한번 유이카랑 마주보았다.

그녀가 비밀을 털어놓은 그 장소에서 그 파란 눈동자를 똑바로 바라보며 최대한의 성의를 담아 고백에 대한 대답을 건넸다.

"……미안. 난 유이카의 마음을 받아줄 수 없어."

유이카와는 교제할 수 없다.

그게 케이키가 내린 답이었다.

"그런……가요……?"

슬퍼하지도 화를 내지도 않고 그저 조용히 유이카가 중얼거렸다.

"각오는 하고 있었어요. 고백했을 때부터 어쩌면 거절할지도 모른다고……."

"……."

"거절하면 단호하게 포기하자고 생각했어요. 선배에게 폐를 끼치기도 싫고 부담스러운 여자라고 여기는 것도 싫으니까……포기할 생각……이었는데……."

"유이카……?"

그때 그녀의 뺨으로 한 줄기의 눈물이 흘러내렸다.

흘러넘친 물방울은 닦지 않았고 그저 조용히 떨어졌다.

"가르쳐주세요. 이럴 때 평범한 여자아이는 어떻게 해야 해요? 상대를 좋아하지만 웃는 얼굴로 물러나는 게 귀여운 여자인가요? 그렇다면 유이카는—평범한 여자가 될 수 없을 것 같아요!!"

"뭐……? ―으앗?!"

그건 마치 그때를 재탕하는 것 같았다.

처음 이 장소에서 도S라는 사실을 털어놓았던 그날처럼, 몸집이 작은 후배에게 밀쳐진 케이키는 엉덩방아를 찧으며 간단히 상대에게 깔리고 말았다.

"유이카?! 갑자기 무슨 짓을―."

"조용히 좀 하세요!"

"으읍?!"

말을 막으려는 듯 케이키의 얼굴로 무언가가 덮쳤다.

부드럽고 따뜻하고 묵직한 중량감이 있는 이상한 감촉.

다만 최근 이것과 비슷한 감촉을 체감한 적 있는 것 같은데―.

(설마 이건 유이카의 엉덩이?!)

간신히 무사했던 양쪽 눈이 포착한 건 핑크색 속옷으로 감싼 귀여운 엉덩이였다.

몸을 뒤집어 케이키에게 등을 보인 유이카가 쓰러진 남자의 얼굴에 자신의 엉덩이를 밀어붙이고 마킹하듯 빙글빙글 문지르고 있었다.

입과 코가 완전히 막혀서 '흐으읍……?!'이라는 불분명한 비명이 흘러나왔다.

"유이카가 안일했어요. 평범한 여자가 된다는 답답한 소리 말고 처음부터 이렇게 할 걸 그랬어요.”

엉덩이를 빙글빙글 돌리면서 차가운 말투로 유이카가 말했다.

“케이키 선배가 선택하게 해줄게요. 아까 그 실언을 정정하고 유이카의 연인이 될지. 아니면 이대로 조교되어 유이카 없이는 살 수 없는 돼지가 될지.”

“흐가각……?!”

연인이 될 것인가 아니면 돼지가 될 것인가.

너무 극단적인 2개의 선택지가 내밀어져 곤혹스러웠다.

“아, 하지만, 엉덩이로 짓눌린 채로는 말을 못 하겠죠? 그럼 이렇게 해요. 유이카의 연인이 되겠다면 오른손으로 돼지가 될 거라면 왼손으로 바닥을 치세요.”

게임 설명을 하듯 그녀가 룰을 설정했다.

그리고 엉덩이를 밀착시킨 채 상급생의 얼굴을 내려다보며 물었다.

“자, 케이키 선배? 어떻게 할래요?”

“흐그극…….”

격렬하게 움직여 땀이 난 건지 속옷 너머로 풍기는 여자의 향기 때문에 어질어질했다.

여자의 엉덩이를 얼굴로 받아 내다니, 조심스럽게 말해도 이상했고 물리적으로도 굉장히 괴로웠지만 동시에 반가운 기분이 들었다.

(아아, 역시 유이카는 도S가 어울려.)

불합리하고 횡포한데도 누구보다 귀엽고 사랑스러운, S 속성과 귀여움이 공존하는 여자.

그게 코가 유이카 본래의 모습이었다.

이 국면에서 이렇게 까다로운 문제를 들이밀다니, 역시 도S의 여왕님.

이게 그녀에겐 애정표현이라는 걸 이해할 수 있는 지금은 사랑스럽기까지 했다.

하지만 그 마음에 응해줄 순 없으니까—

"흐그읏……!!"

탁탁탁.

케이키는 양손으로 바닥을 쳤다.

남자친구도 돼지도 될 생각이 없다는 확고한 의사를 표명했다.

"……어째서? 왜 안 돼요?! 그렇게 양보했는데, 평범한 여자를 연기해줬는데, 왜 유이카를 선택하지 않는 거예요?!"

"흐가각?! 흐으으으읍!!"

엉덩이로 숨통을 막으려는 여자 후배 때문에 기도가 막힌 남자 선배가 형용할 수 없는 비명을 질렀다.

"이렇게……이렇게 좋아하는데……유이카에겐 케이키 선배밖에 없는데……그 정도로 정말 좋아하는데……!"

흘러넘쳐서 막을 수 없는 감정을 토해내며 드디어 그녀가 움직임을 멈췄다.

"……책임……지세요……."

"흐악……?!"

"유이카에게 상냥하게 해준 책임, 지라고요……!"

"……."

감정이 담긴 말과 함께 굵은 눈물방울이 케이키의 가슴에 스며들었다.

상냥하게 해준 책임이라는 건 처음 만났을 때 도서실에서의 일을 말하는 걸까.

그 무렵부터 좋아하게 됐다고 그녀는 크리스마스이브 밤에 가르쳐줬었다.

그 추억을 소중하게 생각해줬다는 게 기뻤고 마찬가지로 슬펐다.

"……미안."

얌전해진 후배를 물리치고 몸을 일으키자 바닥에 털썩 주저앉은 유이카가 버려진 강아지 같은 눈으로 올려다보았다.

"……케이키 선배는 유이카를 선택하지 않을 건가요?"

"그래, 난 유이카를 선택하지 않을 거야."

"케이키 선배의 대답은 절대로 바뀌지 않는 건가요?"

"그래, 절대로 바뀌지 않아."

"유이카로는……안 돼요?"

“그래, 유이카로는 안 돼.”

말을 할 때마다 가슴속에 가시가 박히는 듯 통증이 느껴졌다.

그걸 받아들이는 그녀는 분명 훨씬 더 아프겠지.

“유이카가 평범한 여자가 되겠다고 말해줬을 때는 정말 기뻤어. 실제로 도S를 관둔 유이카는 귀여웠고 좋아하게 될 뻔했어.”

계속 변태인 상대는 질색이었다.

이쪽의 상황은 아랑곳하지도 않고 막무가내로 성희롱을 하고 휘둘리는 쪽 입장도 되어보라고 화를 내기도 했다.

그래서 유이카가 탈 변태를 선언한 게 기뻤다.

“하지만 난 날 위해 스스로를 속이면서까지 누군가가 무리하길 원치 않아. 스스로를 죽인 채로 내 취향에 맞추길 바라지도 않아. 그런 식으로 참고 사귀어봤자 분명 서로가 불행해질 뿐일 테니까.”

그게 유이카에게 고백받은 후 계속 안고 있었던 위화감의 정체.

설산 합숙에서 마오의 이야기를 듣고 겨우 찾은 진심이었다.

“되돌아보고 겨우 알게 됐어. 유이카의 취미는 내가 글래머를 사랑하는 것과 같은 차원의 이야기라는 걸.”

“그 예시는 최악인 것 같은데요…….”

"모두에게 갱생하라는 건 건방진 소리야. 나도 글래머에서 절벽 가슴으로 취향을 바꾸라고 해도 순순히 응하지 않을 자신이 있으니까."

"정말 최악이네요……."

그래, 정말 최악이었다.

실컷 변태는 사양이라고, 평범한 여자가 아니면 싫다고 해놓고 마지막 순간에 와서는 180도 의견을 바꿨으니까.

"유이카 덕분에 깨달았어. 어떤 독특한 취미를 갖고 있든 그게 모두의 둘도 없는 개성이라는 것을."

"케이키 선배……."

"난 유이카가 진짜 자신을 죽이는 걸 원치 않아. 하지만 유이카가 정말 바라는 난 될 수 없으니까—."

케이키에게는 여자에게 멸시당하며 기뻐하는 성벽은 없었다.

밟히는 건 싫었고 심한 말을 들으면 그냥 우울해졌다.

절대로 코가 유이카가 바라는 도M의 돼지는 될 수 없었다.

"그러니까 미안. 난 유이카의 마음을 받아줄 수 없어."

마음을 다 전하자 일어난 유이카가 아직 납득이 안 간다는 눈으로 이쪽을 바라보고 있었다.

"……그것뿐이에요?"

"뭐?"

"케이키 선배가 이렇게 귀여운 후배를 차는 이유가, 그것뿐이에요?"

"……."

"들려주세요. 케이키 선배의 입으로 제대로."

"……그래……."

얼버무려도 될 장면이 아니었다. 분명 그녀는 알고 있을 것이다.

아는데도 케이키의 입으로 대답을 들으려고 했다.

무엇보다 케이키 본인이 진심으로 고백해준 여자에게 거짓말은 하고 싶지 않았다.

누군가를 상처 입히게 된다고 해도, 울리게 된다고 해도, 내 안에 있는 이 마음은 이제 변하지 않을 테니까.

그래서 가슴을 펴고 그녀를 선택하지 못하는 이유를 내뱉었다.

"나에게는 좋아하는 사람이 있어."

후기

※스포일러를 포함하고 있으니 본편을 아직 읽지 않으신 분은 주의해주십시오.

변태 좋아 11권을 구입해주셔서 정말 감사합니다.

이번에는 여자 후배의 고백에 케이키가 답을 내릴 때까지의 이야기가 담겨 있었는데 어떠셨나요?

학생회 멤버가 중심이었던 10권과는 달리 11권은 서예부 올스타즈로 보내드렸습니다.

내용적으로 변태 소녀들의 변태 요소가 적었던 만큼 주인공이 가장 변태스러웠던 것 같지만 아마 기분 탓이겠죠.

웃어넘길 수 없는 수준의 파렴치한 꿈을 꾸고, 가슴 샌드위치에 히죽거리기도 했지만 건전한 남자 고등학생이라면 이게 보통이겠지요. 뭣하면 좀 더 음란한 망상이라도 해야 남자라고 할 수 있지 않을까요.

참고로 작가가 선택한 11권의 베스트 신은 유이카가 곰돌이 파자마를 입은 부분입니다. 유이카는 역시 귀여웠지만 컬러 일러스트도 실로 환상적이라 마음이 치유됐습니다. 정말 그대로 집으로 갖고 가서 헉헉거리고 긴 베개로 만들고 싶었던 게 저 뿐만은 아닐 겁니다(단언). 이 세상 여자들은 좀 더 적극적으로 곰돌이 파자마를 착용해야 한다고 생각해요(역설).

그리고 이번 표지는 사유키 선배로 내용적으로도 그녀에게 스포트라이트를 비춘 이야기가 대부분이었습니다.

그녀의 베스트 신은 역시 오두막집 부분이겠죠.

유이카를 포함해 새삼스럽게 서예부 멤버들이 귀엽다고 생각하게 됐습니다.

그런 사유키 선배지만 드디어 새해가 밝고 그녀의 졸업도 다가오고 있네요.

크리스마스이브 데이트부터 첫 참배, 3학기 시작과 함께 빠르게 흘러가는 시간 속에서 주인공이 내놓은 단 하나의 답.

드디어 자신의 마음이 누굴 향하고 있는지 깨달은 것 같은 케이키입니다만 과연 그가 선택한 건 누구일까? 유이카는 앞으로 어떤 행동에 나설까? 탈 변태 계획은 어떻게 되는 것일까? 등등, 아직 볼 만한 장면이 남아있으니 주인공과 여주인공들의 앞으로의 모습을 지켜봐주시면 기쁠 것 같습니다.

그럼 다음에는 12권에서 만나요.

하나마 토모

귀여우면 변태라도 좋아해 주실 수 있나요? 11

2023년 8월 15일 1판 1쇄 발행

저 자 하나마 토모
일러스트 sune
옮 긴 이 심희정
발 행 인 유재옥
본 부 장 조병권
담당편집자 정영길
편집 1팀 김준균 김혜연
편집 2팀 정영길 조찬희 박치우 정지원
편집 3팀 오준영 이해빈
편집 4팀 전태영 박소연
라 이 츠 김정미 맹미영 이윤서
디 지 털 박상섭 김지연
미 술 김보라 박민솔
발 행 처 ㈜소미미디어
인쇄제작처 코리아피앤피
등 록 제2015-000008호
주 소 서울시 마포구 토정로222, 403호(신수동, 한국출판콘텐츠센터)
판 매 ㈜소미미디어
영 업 박종욱
마 케 팅 한민지 최원석 박수진 최정연
물 류 허석용 백철기
전 화 (02)567-3388, Fax (02)322-7665

ISBN 979-11-384-7961-5 04830
ISBN 979-11-6190-647-8 (세트)